Alice Taylor　Home for Christmas

窓辺のキャンドル

アイルランドのクリスマス節

アリス・テイラー
高橋歩 訳

未知谷
Publisher Michitani

窓辺のキャンドル　目次

窓辺のキャンドル

Original Title: HOME FOR CHRISTMAS
First published by The O'Brien Press Ltd., Dublin, Ireland, 2017
Published in agreement with The O'Brien Press Ltd.
through Tuttle-Mori Agency, Inc., Tokyo

第一章　『まぶねの中に』

私が子どもの頃、クリスマスは、寒い冬のあいだずっと明るく輝き続ける暖かな灯りのようなものでした。十二月に入ると、その魅惑的な光が、はるかかなたの地平線にまたたきはじめ、もうすぐクリスマスだという期待が高まり、私たちはそれを目標に冬を乗り越えようと歩みを進めていくのでした。その明るい輝きは他の季節にはないもので、クリスマスの期間とされる十二日間よりずっと長い間、きらめき続けていました。クリスマスは、まるで灯台の灯りのように、暗く陰気な冬の日々の中で輝きを放ち、私たちをその暖かな懐へといざなってくれるのでした。

私にとって、クリスマスの輝きは、ずっと昔から決して色あせたことのないものでした。すべて、ある古びた田舎家から始まっていました。その家から、私たちは毎日牧場を通って、教室が二つだけの学校に通っていました。それは、ケリーの山々のふもとに立つ、川の流れる谷を臨む学校でした。そこで灯されたクリスマスキャンドルが、今も私の心の中で、心地良くきらめき続けているのです。

子どもの頃、学校へ行くことは私たちに課せられた罰のように思われてなりませんでした。行かなくて良ければ、自由に過ごすことができるのにと思っていたからです。けれど、いつも大人たちが言うことには、子どもたちは無知の大海原を泳いでいるのだから、きちんと教育を受けて泳ぎつづけ、好ましい岸辺にたどり着かなければならないのです。しかし、私たちがもがき苦しみながら泳ぐ無知の大海原には、ひと休みすることのできる島が三つ浮かんでいました。つまり休暇です。おかげで私たちは、島のあいだの海が嫌なものであっても、泳ぎ進むことができたのです。いちばんはじめにたどり着く島は、復活祭[1]の休暇でした。この休暇の前には断食が暗い影を投げかけていましたが、それでも復活祭当日には、お菓子をたくさん食べることができましたし、その時期には子牛の赤ちゃんが生まれたり、うちの近くにある昔の砦跡に立つ木の下に、ホタルブクロの花が咲いたりして、暗い気持ちを救ってくれました。

夏休みという次の島に到達するまでの期間は短く、日の長い暖かい日々を、干し草づくりをしたり、牧場の脇を流れる川で泳いだりしながら過ごしました。ところが夏が終わると、クリスマス休暇という島まで、とてつもなく長くて寒い日々が連なっているのです。しかも、その島までは危険な海を泳がなければなりませんでした。空を真っ黒にするほどの土砂降り、ぬかるんだでこぼこの道、木々からざあっと滑《すべ》り落ちてくる雨粒、凍えるほど寒い朝。ブー

GL

ツはぐっしょりと濡れ、指先はかじかんで動かなくなり、つま先はしもやけだらけでした。クリスマス休暇の島までは、とうていたどりつくことができないように思えました。霜で覆われた鉛色の原っぱをとぼとぼ歩き、どしゃぶりの雨のなかを進み、ずぶ濡れで冷え切った体で学校に着くと、暖房のない教室で夕方まで坐っていなくてはなりませんでした。

教室がふたつきりの学校には、暖房もふたつだけでした。ひとつは校長室にある煙突のついたストーブで、もうひとつは、年少の児童の教室にある、真っ黒な煙を吐き出すおんぼろストーブでした。私たちは牛乳を温めようと、このストーブの上に牛乳瓶を置きました。それから校庭へ出て駆け回り、鬼ごっこや猫とネズミをして、冷え切った手足を温めようとしました。そうしてぽんこつストーブがようやく暖まってくるのは、もう下校時間になる頃でした。教室の空気は、ガタガタ鳴る細長い窓や木造の床の穴から吹き込む風にかき回されて、かろうじて零度を越えた程度でした。

もうすぐクリスマスが来るという思いは、遠くで明るく輝くろうそくの炎のようなものでした。本当にそれまでの日々を乗り越えることができるかしら？　クリスマスが、まるで蜃気楼のように思えるときさえありました。本当なの？　本当にやって来るの？　校長先生はいつになったらクリスマス休暇にしてくれるのだろう、私たちはそう思い続けました。クリスマスは、もしかしたら近くを通り過ぎるだけで、学校に立ち寄ってくれないかもしれない。心配でした。こんな凍えるほど寒い場所に、置き去りにされちゃうの？

ところが、奇跡が起こったのです。ある先生が休むことになり、代わりに新しい先生が赴任してきました。若くてきれいで陽気な女性で、まるで輝く蝶のように、冬の鉛色の世界に、鮮やかな色彩と活気をもたらしたのです。その明るさと快活な空気を、私たちはスポンジのように吸収していきました。先生は歌や踊りを披露してくれ、音叉という不思議なものを見せてくれました。それはまるで、魔法の杖のようでした。洗練されたしぐさで、先生が音叉を教卓の角に軽く打ちつけると音が響き、それに合わせて私たちが歌い始めるというわけでした。出だしで何度も間違えたり、途中で止まったりしましたが、しだいにうまく合わせることができるようになりました。

十二月に入り、先生は、クリスマスが近づいてくるわといつも口にしていました。そして驚いたことに、私たちにクリスマスキャロルを教えてくれることになったのです。それまではクリスマスキャロルといえば、ラジオから流れてくるか、クリスマスの朝、教会で聖歌隊が歌うだけでした。学校で習う曲の中には入っていませんでしたし、それに、授業で歌を歌うとはいっても、せいぜい「ド、レ、ミ」と声を出すか、そうでなければ、お国を褒め称える歌を歌うだけでした。それが、クリスマスの天使のような先生は、季節感にあふれる曲も歌うべきだと判断したのです。クリスマスを歌でお祝いしないわけにはいかない、先生はそう宣言し、私たちは期待に胸をふくらませました。

先生は素晴らしい選曲をしました。『まぶねの中に』を選んだのですが、これは農家の子どもたちが歌うのにぴったりな曲なのです。まさにこの曲は、私たちの暮らしを歌うものでした。私はその日の夕方、薄汚れた書き方ノートを携えて家に戻りました。中には、苦労して書き写した『まぶねの中に』の歌詞が並んでいました。兄のティムは素晴らしいテノールで、地元の教会の聖歌隊員でもありましたが、私が歌を覚えるのを手伝ってくれました。ティムが『まぶねの中に』を歌うのを聞いていると、先生が私たちにどう歌って欲しいと言っていたのかが、ようやくわかりました。隣人のビルおじさんは、毎晩うちに来て宿題を手伝ってくれる人でしたが、彼に助けてもらって私たち姉妹は懸命に歌詞を覚え、私の頭の中に、やっとすべての歌詞が刻まれたのでした。

はじめのうち、私たちは「まぶね（飼葉桶）」がガタガタに壊れてしまいそうな歌い方をしていましたが、若い先生は何ごともプラス思考で乗り切って指導してくれたので、私たちも少しずつ確実に上達し、とうとう聞くにたえるレベルにたどりつきました。もう耳障りな歌声ではなく、旋律をつかみつつあることが、先生の表情からわかりました。まあ、全員がそのレベルに達したわけではありませんが。指揮を執る先生は、みんなで一緒に歌うことが大切だと信じていましたし、彼女にとって歌を歌えない人間など、この世にありえないのでした。全員がナイチンゲールのような美しい歌声を出すことができ、練習を重ねれば誰でも上手に歌える、先生はそう請け合いました。私たちは、懸命に練習しました。そして、達成できるとは夢にも思わなかった音楽的レベルまで、先生は私たちを引き上げてくれたのです。

歌の授業を毎日楽しみに待っていました。一日のいちばん最後の授業でしたから、まだ十歳の私には、それまでの時間がとてつもなく長く感じられました。そして、とうとう歌の授業の時間になりました。先生は魔法の音叉を教卓に軽く当て、私たちの前に立つと指揮棒を振りました。本当は、指揮棒ではなくパン用ナイフを振り回していたのかもしれません。それでも、先生が熱心で楽しそうなので、私たちもすぐにその気になり、リズムに合わせようと必死になりました。

そして、ついにある日、奇跡的な瞬間が訪れたのです。私たちは本当に、美しい旋律で歌うことができたのでした。先生は指揮棒を振っていたのかもしれませんが、私たちにはそれが魔法の杖に見えました。その魔法で、農場の馬小屋はベツレヘム[2]の丘の馬小屋に、農場の飼い葉桶はベツレヘムの飼い葉桶に変わったのです。

先生が指揮棒を振るたびに空中を魔法が走り、私の頭の中に馬小屋がはっきりと見えるようになっていきました。赤ん坊のイエス様が干し草の中に寝かされ、その横にマリア様とヨセフ様がひざまずいていて、物陰から羊飼いたちが黙って見つめています。夜空を舞う天使たちが、馬小屋の高い窓からするりと中へ入ってきます。牧場の羊もやってきて、小屋の戸口から中へ入りました。わが家の二頭の馬パディとジェームズは、人なつこい灰色のロバと食べ物を反芻する茶色の牛に変身していました。わが家の馬小屋にクリスマスがやってきたのです。うちの農場にも、ようやくクリスマスが来てくれたのです。

私にとってクリスマスキャロル『まぶねの中に』は、今も魔法の力を持ち続けています。幼子イエス様がおられて、灰色のロバと茶色の牛もいて、羊が戸口から入ってきて、天使が舞っているのは、うちの古い馬小屋なのです。そこはわが家であり、ベツレヘムなのです。そして、クリスマスがやって来るのです。

うちの農場では、クリスマスを迎える準備は、川沿いの牧場にいる雌牛を集めることから始まりました。冬のあいだ暖かい牛舎に入れておくためです。牧場では草はもう伸びなくなっていましたし、降り続く雨で大地がぬかるみ、家畜が足を取られる心配もありました。それに冬の寒い数か月の間、家畜たちには暖かい住みかが必要でした。

父はそれが必要だと考えていましたが、雌牛たちには別の思惑があるようでした。愛らしい子牛たちは、五月初めに生まれてからずっと、土手沿いの牧場を自由に歩き回っていました。そして、もう愛らしい子牛ではなくなり、がさつなティーンエイジャーになってくると、雌牛たちはみな同じ目的を持つようになるのでした。やりたい放題に行動するということです。雌牛たちの考えと父の考えはまるで違っていたため、丘の斜面の牧場を無理やり歩かせて農場へ連れ帰る日には、人間と家畜が大声をはりあげて対決することになりました。

両者とも、自分の思い通りにしようと必死です。若く奔放で頑固な雌牛たちは、自分たちの動きを止めようとするあらゆるものに対して、断固として抵抗しました。そして、あちこち駆けまわりました。自分を取り囲む人垣をうまく突破すると、全速力で駆け出してしっぽ

を風になびかせ、まっしぐらに川沿いへ戻って行きます。その後ろ姿に向かって、父が無茶苦茶な悪態の言葉をまき散らすのですが、その激しさといったら、雌牛たちが蹴り上げた泥炭に火がつくんじゃないかしらと思うほどでした。

雌牛たちは、望み通りに川沿いの木々の下に落ち着くと、葉のない枝の下からこちらをのぞきます。口のまわりには泡がついていて、しっぽを勢いよく振り、ひづめを踏み鳴らし、ひどく興奮した目つきをしています。次の攻撃に備えてしっかりと身構えている、侮りがたい相手でした。けれども雌牛が立つ位置には、大きな弱点がありました。背後には深い川と木々があるだけで、正面から迫られたら、逃げることができないのです。敵対勢力の大将である父は軍隊を編成し直し、捕獲作戦を再開しました。

私たちの軍は、じりじりと逃げ道をふさぐようにして、野営をしたがる敵軍を追いつめ囲んでいきました。川に沿った牧場から農場までの間にある逃げ道のひとつひとつに、私たちが配置されました。あのときの父ほど厳密な命令を出す大将はいなかったでしょう。なにしろ、雌牛たちをあらゆる角度から包囲しようとしていたのです。私たちが父の命令通りに動くには、それぞれの場所にまつわるいきさつを知っていなくてはなりませんでした。「アリシーン、[3]マティの小道へ逃げられないようにしろ」、「フィリーンはジャック・フリークのくぼみをふさぐんだ」

うちの土地を知り尽くしていた私たちには、父の言葉がどこを指すのかよくわかるのですが、だからといって、四足でオリンピック選手にも劣らぬ速さで駆ける若い雌牛より速く走ることができるかどうかは、まったく別の問題です。雌牛より速く走ることができなければ、最高司令官に、「この役立たず」と猛烈な罵声を浴びせられました。けれど、雌牛より速く走ることができても、その時はその時で、私たちが向かい合う雌牛といったら、狂気に満ちた目で鼻を鳴らしながら、私たちを空中に放り投げてしまおうといわんばかりの勢いなのです。一方では、雌牛に殺されかねないし、そうでなければ、父の罵声で頭がおかしくなりそうでした。

牛たちは自由を求めて何度も脱走を繰り返し、両軍が前進したり後退したりしながら、ようやく私たちは牛を牛舎の前まで追い詰めていくのでした。古い石造りの小屋の中にある深い暗闇を、牛は恐怖におののいた目でのぞいています。何か月もの間、川沿いの牧場で自由に暮らしていたので、牛舎の入口を、地獄へ続く門のように感じたのでしょう。牛たちにとって、私たちは悪魔の化身だったのです。なにしろ、一歩も引くことなく、無理やり力ずくで雌牛たちを仕切り柵に追い立て、雌牛が頭から柵の中へ入ったとたん、すぐさま柵を閉じてしまうのですから。その頃には、牛たちは疲れ切っていて、父の率いる軍隊も、同様にへとへとになっていました。

わが家のクリスマスの準備は、こんな風に嵐のごとく始まり、落ち着くのにしばらくかかりました。羊は動きが軽やかなので、冬のあいだ外の牧場に放しておいても、地面を傷めることはほとんどありませんでした。それに分厚いウールのコートが、冬の寒さから羊たちの身を守っていました。だから、イエス様がお生まれになった晩と同じように、牧場にいるのは羊だけでした。農場の仕事も忙しくなくなっていました。というのも、家畜のほとんどをクリスマス前に売ってしまっていたからです。豚もガチョウもアヒルも、市場へ売ってしまいました。だから、餌をやるのは鶏だけでした。農場全体が、ゆっくりと休んでいました。動物の世界も、クリスマスを迎える準備をしていたのです。

訳注

1　キリストの復活を記念する祝祭日。春分後の最初の満月のあとの日曜がその日。前日までの、日曜をのぞく四十日間には断食・精進を行う。

2　新約聖書でイエス・キリスト誕生の地とされる町。

3　父は、娘のアリスをこう呼んだ。同様に、アリスの姉フィリスをフィリーンと呼んだ。

第二章　ヒイラギ集めの日曜

クリスマスが二、三週間後に迫り、待ちに待ったヒイラギ集めの日曜になると、大がかりな遠征に出かけます。ヒイラギの枝を集めてうちに持ってくるために、キツネ色の麻ひもの玉をいくつかと、のこぎりと手斧を持って出かけるのです。というのも、当時のアイルランドの田舎には、剪定ばさみなどというしゃれた道具はまだなかったので。ヒイラギの枝を集めることが、クリスマスの準備の第一段階でした。それまで我慢してきたじりじりする期待を、ようやく、思い切り解き放つことができるのです。素晴らしいクリスマス期間への入り口が、勢いよく開いたのです。

私たちは、牧草が刈り取られて固くなった牧場の地面を苦労して歩いていきました。濡れた草の生い茂る原っぱや芽吹いたばかりのイグサの間を通り、ぬかるんだでこぼこ道を進んでいきますが、そのあちこちには冬の雨でできた水たまりが残っていました。そして、うちの農場と隣の農場の間にある谷を流れる川にようやく到着しました。川の中に置かれた大きな踏み石の上を、うまくバランスを取りながら進んで川を渡ります。隣人のビルおじさんが据えた石でした。ひとつめの石の上に乗って体勢を整えてからふたつめの石の上へ飛び移り、そこでまたバランスを取ります。そうしてありがたいことに、足を踏み外して渦巻く水の中へ落ちることなく、向こう岸にたどり着くことができるのでした。

それから、起伏に富んだ牧場をいくつか抜け、イバラの生い茂った溝を渡ると森に出ます。その森の外側に生えている木を次々によく見て歩き、いちばん格好の良い赤い実をつけているヒイラギを見つけ出すのです。鳥に先を越されていることもありました。そんなときは森の中まで入っていき、みんなが良いと思える木を見つけるまで探します。それから、のこぎりを使い始め、赤い実のついた枝を次々に切り落としていきます。なかなか切り落とすことのできない頑固な枝があると、手斧を振り下ろして言うことを聞かせます。けれども、父がもし一緒にいたら、森の木々を大切にする人でしたから、私たちがそんな仕打ちをするのをすぐさまやめさせたことでしょう。ともかく、切り落とした枝をまとめてとげとげの束をいくつかつくり、ひもでしっかり縛って固い束にして、肩に担ぎました。

帰り道はもっと危険でした。ヒイラギの束を背負っているので、バランスを取りながら川を渡るのが難しくなるのです。それでも、危険な溝の中から這い上がったり、川を渡ったりしていたことで、私たちの運動神経は研ぎ澄まされていました。だから、ひやりとすることが二、三度あっても、なんとか無事に向こうの岸へ到達することができました。家に着くと、

敷地のいちばん奥にある古い泥炭小屋へヒイラギの束を運びました。小屋の中は、羽根をむしったガチョウをぶら下げるために、きれいに掃除してありました。

　ガチョウは、羽根をむしる前に、まず息の根を止める必要がありました。ぞっとするこの作業を、母は、ドアを閉めた部屋の中で黙々と行いました。それから私たちは椅子に腰かけて、まだ温かいガチョウを膝にのせ、羽根むしりを始めます。周りに真っ白な羽毛や綿毛が舞い、私たちは真っ白な雪だるまのようになりました。真ん中に置かれた茶箱に羽根がどんどん詰め込まれていき、箱はあふれそうになっています。この羽毛や綿毛は、後で枕や敷布団に入れました。（掛布団は、わが家の寝室には、まだ入ってきていませんでした）。関節のついた翼は暖炉の前でよく乾燥させて、階段のほこりを払うはたきとして使ったり、長い棒にくくりつけて、天井の蜘蛛の巣を払うのに使ったりしました。

　そうやって羽根をむしってしまってから、その古い石造りの泥炭小屋の垂木にガチョウをぶら下げました。ガチョウは、そこで頭を下にして堕天使[1]のようにゆらゆら揺れていたのです。古びた木戸の板のすき間から中をのぞくと、薄暗がりの中に灰色の亡霊のような姿が見えました。夜遅く暖炉の周りに腰かけて聞く怪談話と同じくらい怖い光景でした。ガチョウのうち何羽かは町に住むいとこの家族へ届けられ、うちでは、クリスマスとお正月、それに小《リトル》クリスマス[2]を祝うときのために、三羽を残しておきました。

　次に庭と家の準備に取り掛かります。作業は、まず家の外から始めました。いくつかある小屋の外側と家の外壁に、漆喰かセメントを水で溶いたものを塗り、庭は隅々までほうきで掃きました。その後で家の中に目を向けます。煙突掃除のために、ブラック・ネドおじさんに来てもらいました。私たち子どもは、煙突掃除はサンタクロースを迎える準備だと思っていたものです。ところで、今日わが家に、煙突掃除のティムが掃除機を携えてやって来ましたが、ひとすじのすすも出すことなく、すべての作業を終えました。でも昔は、そういうわけにはいきませんでした。煙突掃除という大仕事をする前に、家中のあらゆるものが動きを止めました。その日は、家の中でたったひとつの暖房であり炊事にも使っていた暖炉の火が消される、年に一度の日でした。横幅の広い煙突の下からネドおじさんがブラシを突っ込むと、すす煙が大きな渦を巻いて落ちてきました。ブラシの柄が煙突の中にすっぽり隠れるようになると、おじさんは柄の端に別の棒を取り付けます。うねるように落ちてきたすすは、暖炉いっぱいにたまり、まるで真っ黒な雪の幕のように台所中を漂いました。作業が終わると、ネドおじさんは掃除に使った棒を布で包み、来たときよりちょっぴり黒い姿で門から出ていきました。

それから暖炉の大掃除を始めます。まず、内側にある腰かけ用の小さな台に漆喰を塗ります。他の部分は、漆喰を塗ったところと、煙の黒ずみを残してあるところの境目が真っ直ぐになるよう気を付けました。それから、台所のあらゆるものをゴシゴシこすって洗いました。食卓と椅子は、白くなるまでこすりました。ブリキのバケツに入れたお湯に洗濯ソーダを溶かしたものをつけて、ゴシゴシこすったのです。午前中のお天気が良ければ、椅子を庭のいちばん奥にある水口まで運び、流れ出る水の下でこすって汚れを落としました。最後に、セメントで固めた台所の床を、デッキブラシでこすります。あの当時、もし保健所の検査があったとしたら、間違いなく合格するくらい清潔にしていました。

寝室の床はよく拭いてから磨きました。あの頃の床は木製かリノリウムだったので、これは、たやすい作業ではありませんでした。着古した下着を裸足で踏んで、リノリウムの床の上をスケートのようにして滑ったこともあります。こうすると、床がピカピカになりました。大掃除が始まると、クリスマスの準備も本格的になります。そんな状態が数日間続くのでした。

私が担当した作業は窓ふきでした。一年中土曜日ごとに、灯油に浸した新聞紙を渡され、台所の窓を拭かされました。それがクリスマスになると、私の担当は、家中の窓にまで広がりました。私は窓ふきを楽しんでやっていました。窓ガラスをきれいにすると、サンタが喜んでくれるだろうと思ったのです。彼が、保健所の検査官みたいなことをするとでも思っていたのでしょう。

私の中には、そんな思いのかけらが残っているようです。今でも、クリスマスを迎える前に家中の大掃除をするのですから。実家の農場でしていたように、私も家の外から始めます。私のクリスマスの準備は、庭の冬支度から始まります。私にとっては、庭が農場のようなも

SWEET

のなのです。見る影もなくなってしまった多年生の植物を短く刈り、それから霜をいやがる植物を、隅の日の当たらない場所へ押しやります。ある年、クリスマスが終わるまでこの作業をしなかったことがありました。一月までは、ひどい霜が降りることはないだろうとたかをくくっていたのです。大間違いでした。美しい花をつけるカンナが、一晩のうちに溶けて茶色くなり、すべてだめになりました。これは、忘れられない良い教訓になりました。

経験に勝る師はいないということは、父から学びました。納屋の中に、毎年ひとつだけ使わずに残してあった干し草が何のためなのか、父に聞いたことがあったのです。というのも、牛舎で雌牛に干し草を与えなくてはならない冬はすでに終わり、雌牛は牧場に放してあったからです。父は十六歳で自分の父親を亡くし、農場のすべてを任せられました。その年、干し草が足りなくなったのです。お腹を空かせた家畜の鳴き声が頭にこびりついていたそうです。父と同じように、私も経験から学びました。気温がマイナス十度まで下がった、二〇〇九年のあの冬は決して忘れません。そういうわけで、敷地内にある、霜から守らなければならないものすべてに手当をしています。それから、庭は小道も含めて隅々まできれいに掃き、植木鉢の冬越しの準備を整えます。そのあとホースを引いてきて、今度は裏庭をきれいに洗い流します。わが家の小さな農場は、これで万全の準備が整うのです。

訳注

1　キリスト教で悪魔のこと。神の試練に堪えきれず、天上界から下界におとされた天使。

2　公現祭。カトリックの祝日。東方の三博士がベツレヘムで誕生したキリストを訪れたことを記念するもの。クリスマスの十二日後の一月六日。

第二章　緑の贈り物

ジャッキーおじさん[1]は、若いころ庭にヒイラギの木を植えました。実のところ、ジャッキーがいちばん最初に庭に植えた木が、このヒイラギでした。その次には、リンゴの木を植えました。ジャッキーは、ある厳格なプロテスタントの女性からガーデニングの知識を受け継いでいました。その人は、イニシャノン村を出たところに住んでいました。広大な庭園に囲まれた、古くてだだっぴろい邸宅に住んでいたのです。そして、元気な若者はいないかと探していたのでした。その素晴らしい庭園を維持するのを手伝ってもらいたかったからです。やる気と体力を兼ね備えたジャッキーは、もってこいの人材でした。ジャッキーの家は貧しく、母親がささやかな食料品店を営んでつつましやかに暮らしていました。そしてジャッキーは、この裕福で締まり屋の老婦人を手伝うことで家計を助けたいと思ったのでした。

長い歳月が過ぎたあとでも、ジャッキーは老婦人を思い出しては微笑んでいました。なにしろ彼女は、庭園を維持するためには惜しげもなくお金を使うというのに、他のことについては、この方針が守られることがなかったからです。この老婦人は、ことガーデニングに関しては、いくらでもつぎ込む人でした。彼女はよく働き、費用を切り詰め、ものを長持ちさせる達人で、「無駄をしなければ、困ることはない」という信条の持ち主でした。そして、老婦人の庭園が、台所にも、食料という恵みを与えてくれるというわけでした。英国のチェルシー・フラワー・ショー[2]に出かけて行くのが、この人の年に一度のお決まりの行事でした。

　老婦人の庭を手伝っているのは、ジャッキーだけではありませんでした。そこで長年働いている年老いた庭師がいたのですが、その人は、長い間実地の訓練を積んでいたため、王立園芸協会[3]の百科事典並みの知識を身につけていました。ジャッキーは、老婦人とこの庭師のトムじいさんから、食卓に乗せる食べ物を栽培する技を学び、目で見て楽しむ庭園を維持する術を身につけていったのです。

　その頃から百年以上の歳月が過ぎましたが、ジャッキーおじさんのリンゴとヒイラギは、今は私の庭となった場所に立ち続けています。リンゴの木は庭の中央に女王のように構えていて、すぐ脇にどっしりとしたヒイラギが枝を広げ、ときどきリンゴを押しやりそうになっています。リンゴは、毎年四月から五月にかけて見事な花を咲かせ、薄桃色の花びらがクルクル回りながら地面に落ちていきます。秋には、熟れすぎたリンゴがぽとりと地面に落ち、砕けてべっとりとした塊をつくります。すると、鳥やら虫やらあらゆる生き物が、ごちそうにありつこうと飛んだり這ったりして集まってきます。そういう時期が過ぎると、季節ごと

に衣装を替えるリンゴの女王は葉っぱのコートを脱ぎ捨て、冬の長い眠りにつくのです。

一方、賢いヒイラギは、季節が変わっても衣替えなんぞにエネルギーを浪費することなく、どんな天候のもとでも、いつも同じ青々とした衣装をまとってしっかりと立っています。成長はゆっくりですが、強風が吹き荒れてもひどい霜が降りても、しっかりとふんばっています。その姿はまるで「てこでも動かないわよ」と心を決めているようです。

私は、クリスマスの時期になると庭に出て「ありがとう、ジャッキーおじさん」とつぶやきます。自宅にヒイラギがあることでどれほど安心できるか、ジャッキーが教えてくれました。長年の間、ジャッキーが植えた斑入り西洋ヒイラギ《ゴールデンキング》が、うちの庭で一本きりのヒイラギでしたが、今では、葉の手触りや木の丈が違うヒイラギが五本ほど植えてあります。落葉樹が葉を落として休眠状態に入ると、ヒイラギが本領を発揮し始めます。ヒイラギは軍人のように直立不動の姿勢で、わが家の冬の庭に規律をもたらしているのです。

ヒイラギを植える場合、まず場所を決めてしまうのが大切です。優柔不断はいけません。そして、さっさと植えてしまい、あとはそっとしておくのです。私は、ジャッキーおじさんのゴールデンキングを別の場所へ移すなど、考えたこともありません。恐れ多いその名は、威厳に満ちた王の姿を連想させます。ところが面白いことに、キングという名がついているのにヒイラギは雌なのです。ガーデニングには、こんな風にわけのわからない矛盾がたくさんあります。ヒイラギは、ジャッキーが植えたそのままの場所に、リンゴの木に寄り添うように立っています。接近しすぎていて、ときどき枝が絡み合ってしまうことがあり、そんなときは、私より園芸に明るい人に来てもらい、上手に刈ってもらいます。私がこの妃殿下の枝を切り落とすなど、ありえません。

実は、むかし苦い経験からあることを学んだのです。あるとき、まだ若くかわいらしいヒイラギを、良いと思った場所に植えました。ところが、ガーデニングではよくあることですが、そこが適切な場所ではなかったことが、後になってわかったのです。罪のないヒイラギはたちまち大きく成長し、大胆にも私は、その木を掘り起こし、別の場所へ移したのでした。ヒイラギは、完全に機嫌を損ねてしまいました。抗議を表明するように身にまとっていた葉をすべて落とし、不機嫌になって癇癪を起こしてしおれてしまったのです。私は、ヒイラギをよみがえらせようと、機嫌をとってなだめたり、水や肥料をやったりと、懸命に愛情を注ぎました。幸いヒイラギは回復し、今ではつやつやの葉をまとった力強い木に戻りました。濃い緑の葉を背景に真っ赤な実をつけた姿は、まるで色鮮やかなルージュを塗った褐色の素肌のモデルのように美しいのです。

それなりの装備をしないまま、このヒイラギレディから赤い実のついた枝を一本拝借しようとすれば、彼女から手厳しい仕打ちを受けることになります。ゴールデンキングの方が性格はずっと穏やかですが、このヒイラギレディは、クリスマス用の素晴らしい飾りを提供してくれるのです。とげとげしく手厳しい彼女の、ギザギザの葉でひどいけがをすることもあります。それでも、ドレッサーの上や台所のあちこちに彼女の枝を飾ると、真っ赤な実をたわわにつけた葉が輝いて見えます。一方で、気の毒にも年老いたキングは、とうにそんな活気を失ってしまっているのでした。

今は亡きブライアン・クロスは、私のような素人の園芸家たちに大きな影響を与えたガーデニング名人でした。ヒイラギを剪定するのは、クリスマスの準備で家の中の飾りつけをするときが最適だ、そう言い残しています。なんと理にかなったアドバイスでしょう。毎年クリスマスに私はつぶやきます。「素晴らしい知恵を授けてくれてありがとう、ブライアン」。私が生まれて初めて訪れたオープンガーデンは、ブライアンの庭園でした。彼の庭を目にした私は、その魅力と豊かさに衝撃を受けた、そう表現しても控えめ過ぎるほどでした。ジャッキーが亡くなってから何年もたち、私は園芸のことを何も知らないまま、やみくもに庭をいじりまわしていたのでした。自宅へ戻った私は、庭の入口でジャッキーに謝りました。ガーデニングの知識もなく、やり方もわかっていなかったからです。これからは懸命に努力すると約束しました。そして、その通りにしたのです。ガーデニングとは美であり、終わることのない取り組みだということに、ようやく気がついたのでした。

クリスマスが近づくと、私は庭の中を歩き、品定めしながらヒイラギの木々をよく見て回ります。するとヒイラギたちは、つやのある青々とした葉を向け、挑戦的な態度で応じるのです。「私たちに剪定ばさみを向けるのは、どんな形の枝を何本刈り取るのか、心を決めてからにして」大胆にもそう私に迫ってくるのです。まだずぶの素人で、手当たり次第に枝を剪定していた頃、ゴールデンキングの幹を、根元からずいぶん上まで丸裸にしてしまったことがありました。こんもりと葉を茂らせた彼女を、長い美脚のバレリーナのような姿にしようとしたのです。大失敗でした。長い足を丸出しにした少女のようになったのです。みっともないほど丈の短いスカートで、きまりわるそうな姿でした。

とんでもない剪定でキングが枝を刈り取られることは、今ではもうありません。というのも、枝の位置が高すぎて手が届かないからです。キングの赤い実の付いた枝を刈り取るには、大きな脚立が必要なのです。ある賢い友人が私にアドバイスをしてくれました。「六十歳を過ぎたら、ぐらぐらする脚立に上るもんじゃあない」というより「どんな脚立でも上がるな」と。キングは、私を見下ろしてしたり顔で言います。「さあ、やれるもんならやってみなさい」。そして、他のヒイラギたちの不幸に対し、高みの見物を決め込んで笑っているかのようです。安全な高さにいるキングには、落ち着きなく動く私の剪定ばさみは、届きそうにないからです。

私は晴れた朝を待って、枝を切り落とす作業を始めます。冷たい雨の中で枝を一本一本刈っていると、作業を楽しむことができないからです。よく晴れていれば、霜が降りていても、枝を切り落とす作業が心をなだめてくれます。だから、朝目覚めて雨が降っていないとなると、早速作業を開始するのです。大きな洗濯かごと剪定ばさみを手に庭の中を歩いていると、それぞれの木を植えたときのことを思い出します。そして長年の間に、一本一本が私に与えてくれた喜びをかみしめます。庭木は、その人の人生の一部となっているのです。

刈り取ったヒイラギを束ねてポーチに置いておくため、庭とポーチを何度も行ったり来たりします。ある年のクリスマス、カナダから帰ってきていた姉のエレンとヒイラギの枝を刈っていたときのことです。姉がこう言いました。「ねえアリス、トロントでヒイラギをこれだけそろえるには、大金がかかるわよ」。これまでの経験から、私には、ヒイラギがふんだんにあることが当たり前になっていました。飾りつけを始めると、必ずといっていいほどヒイラギが足りなくなりますが、そんなときは、庭へ枝を取りに行けばいいだけです。飾りつけをしている日が土砂降りだったり、凍えるように寒かったりすると、刈り取りをした日にスクルージ[4]のようにけちけちして十分な本数を取っておかなかったことを悔やむことになるのですが。

さて、刈り取り作業を終えると、庭のヒイラギの様子がどう変わったか確かめて歩きます。すると、まるでダイエットに成功した御婦人方のように、ヒイラギたちはこざっぱりとスリムになっています。それから家の中に入り、まず台所からヒイラギを飾り始めます。ところが、アガ社製ガスレンジの両側に作りつけた食器棚をチラリと見やると、両方とも整理整頓をしなくてはならないことに気づきます。これは大変な作業です。それからこうつぶやきます。「誰かは知らないけど、食器洗い機を発明してくれた人、ばんざい」。なんと便利な仲間

が、台所の用具に加わったのでしょう。棚に並ぶものすべてを取り出して、この機械に入れさえすれば良いのですから。

食器棚の上に並べてある大きな水差しや皿は、長方形の深いシンクに水を張ってその中に浸します。数年前に台所の改装をしたおりに、このシンクを入れたのですが、われながら先見の明があったと思っています。そして、空になった棚の中をきれいに拭いた後、すべてを元通りに戻します。食器棚の掃除は一日がかりの大仕事ですが、それを終えてしまえば、台所の掃除の大部分が済んだも同然です。他にすることは、日々の生活で散らかったものを片づけるだけですから。

台所がきれいになると、飾りつけをするための作業基地が整った気持ちになります。「家の中をきれいにすると心の中も整う」風水師たちもそう言います。だから台所の中がきれいになると、私もやる気になるのです。実は、私の中にはきれい好きな人格がいて、常に表に出たがっているのですが、そううまくはいかないものです。私は物を買い込んだり集めたりするのが大好きなので、必要最低限の物だけで暮らすミニマリスト的生活からはかけ離れた毎日を送っています。だから、クリスマスの準備をする数日の間、食器洗い機と洗濯機がフル稼働することになるのです。それでも最後には満足できる状態になり、敷地も庭も家の中も、クリスマスを迎える準備が整います。

クリスマスが近くなると、わが家の「静寂の間」にある家具が暖炉を向くように並べ直します。うちの暖炉は旧式で、現代風の電気暖炉ではなく、ガスで炎を燃やすのでもなく、炎の前にガラスの扉がついたしゃれたタイプでもありません。外の小屋から、大きな薪を一本と泥炭を入れたかごを持ってきて、暖炉にくべます。暖炉の火には、家のあちこちに散らばっていた家族を引きつける魅力があることに気づきました。何年も前、この部屋を「静寂の間」にして、テレビを運び出すと決めたとき、家族に猛反対されました。部屋に人が寄りつかなくなる、というのです。でもそれが間違っていたということを、ときが証明してくれました。蜜にむらがるアリのように、家族も友人もみんな、暖炉に引き寄せられたからです。

暖炉に火を入れると、部屋にほこりや煤《すす》がたまり、煙がただよい、清潔な状態にしておくのが難しくなります。ということはつまり、この部屋も頻繁に掃除をすることになりました。でも、それだけの手間をかける甲斐はあります。外が寒い日は特に、暖炉の火の心地よさが身にしみるのです。そしてまた、嫌なことがあった日や調子が出ないときには、暖炉の火が心を慰めてくれるのです。

訳注

1　著者の夫ゲイブリエルの養父。幼いころ両親を亡くしたゲイブリエルは、養父母に育てられた。著者はゲイブリエルと結婚し、養父母の自宅に隣接した家に移り住んだ。

2　毎年五月下旬にロンドンのチェルシー王立病院の庭園で開かれる花の展覧会。

3　ロンドンに本拠地を置く、ガーデニング・園芸を奨励する慈善団体。チェルシー・

フラワー・ショーを主催する。
4　チャールズ・ディケンズ著『クリスマスキャロル』の主人公。守銭奴だが、後に改心する。

第四章　ケーキとプディングとパイと

あと数週間でクリスマスという時期になると、地元の食糧品店にマスカットの干しぶどうが入荷するのを、母は辛抱強く待っていました。その干しぶどうの入荷は、クリスマスがすぐそこまで来ていると知らせてくれる使者のようなものでした。それでも、私たちのあずかり知らない外国の天候がマスカットの収穫量に影響を与えることがあり、海の向こうで起こる、見たことも聞いたこともないできごとが原因で、アイルランドに干しぶどうが運ばれてくるのが遅れることもありました。だから年によっては、様々な要因が不利に働き、この片田舎に干しぶどうが到着しないこともあり、母はひどくがっかりしたものです。干しぶどうが到着した年は、賢者[1]の贈り物さながら、深い木箱に入れられた状態で入荷します。大粒で柔らかくて汁けがあり、種入りでした。だから調理をする前に取り除かなくてはなりません。マスカットの干しぶどうを入れてクリスマスのケーキを焼くのが母の喜びで、私たちはそのケーキを「スイートケーキ」と呼んでいました。

母はまず、小麦粉を麻袋から三カップか四カップすくい出し、小さじ一杯の重曹を混ぜ合わせ、両手でよくすり合わせてだまをなくしてからパン用鍋に入れます。そこへバターの大きな塊を気前よく加え、優しく混ぜ合わせます。それから、いよいよ母のとっておきのドライフルーツを入れるのです。たいへん貴重な、大粒で汁けたっぷりのマスカットの干しぶどうとサルタナレーズンも一緒に入れます。母があまり好きではないスグリは、少ししか入れません。そして小さく刻んでおいたサクランボ、しょうが、砂糖漬けのオレンジピールを加えます。はかりなどありませんから、小皿や手のひら、目と舌を使って量と味を確認していました。あらかじめ、卵をボウルに五個か六個割り入れ、塩をひとつまみ振って溶き卵を作っておきます。卵の個数は、その朝めんどりがいくつ産んだかで決まるのです。

次に、このケーキのために特別にとっておいた濃厚なサワークリームを加えます。ケーキがおいしくできあがるかどうかはクリームの品質しだい、母はそう考えていました。最高のクリームを使えば、最高のケーキができあがる、というわけです。愛情を込めてすべての材料を混ぜ合わせ、しっかりした生地を作ります。鍋の側面に押しつけるようにこねていきます。これは、最高の材料がひとつになる瞬間で、母は、心をこめて行いました。ケーキの材料は高価でなかなか手に入らないという理由もありました。それから、生地を手のひらで平らにして、足つき鍋の底のサイズに合わせます。この鍋の内側には、あらかじめ小麦粉を振っておきます。できあがった生地をそっと鍋の中に入れ、うまく焼き上げるのに十分な火力

かどうかを確認します。このケーキは、こってりしたフルーツケーキとほぼ同じ材料で作りますが、大きな鍋に入れて焼くため大きくふくらんで、いつもの黒パンや白パンと同じくらいの大きさになりました。ただ、いつものケーキよりずっと甘くてコクがあるので、家族みんなが「母さんのスイートケーキ」と呼んでいたのです。

わが家ではずっと、これがクリスマスケーキでした。ところが、姉が町の料理学校に通い始め、クリスマスの一週間ほど前に、アイシングで覆われたずっしりと重いフルーツケーキを持ち帰りました。ケーキの上には赤い衣服のサンタクロースがいて、純白の表面をそりで横切っています。これには、家族全員がすっかり見とれてしまいました。きっとアメリカから伝わったケーキだったのでしょう。それまでは、村で一軒きりのパン屋を営むティム・バリーが、これに近いと言えなくもないケーキを焼いている、たったひとりの人物でした。ただ、ティムがいつも焼くのは、大きくて柔らかい種入りパンやバターケーキ、それにつやつやしたアイシングが脇を伝って流れる大きな丸いドライフルーツパンです。姉の焼いたアイシングケーキは、柔らかいとはとても言えないものでした。使い込んだパン切りナイフを表面に当てて力を入れても、がんとして抵抗するため、この新入りケーキにナイフを入れるには、毅然として攻撃をしかけなくてはなりません。ようやくナイフを入れることができると、それまで味わったことのない濃厚な味がしました。これほどこってりしたケーキは少しずつ食べる方がおいしい、そう気づいたのは、食べてしばらくしてからだったのですが。

何年かして、私は、コーク県のミルストリート市にあるデュリシェーン修道院で一年間料理の修業をするようにと母に勧められました。そこで、聖ベナイナス婦人から、クリスマスケーキの正しい作り方の、大変厳しい手ほどきを受けたのです。婦人はフランス修道会に属していたので、小難しいフランス語発音の洗礼名を使っていました。私たちは彼女をベニーと呼んでいましたけれど。

クリスマスケーキ作りの第一段階は、焼き型にペーパーを正しく敷き詰めることです、ベニーはそう断言しました。そんなの簡単よ、そう考える人もいるでしょう。でも、ちょっと待ってください。ベニーは私たちに、軍隊のように正確にケーキ作りを進めるよう求め、「細部に気をつけるのです、それから、全体もよく見ること」作業の間ずっと、そう繰り返していたのです。ペーパーを正しく敷くという行為を通して、ベニーは私たちに、完璧とはどういうことなのか教えようとしていました。決して忘れることができません。

はじめに、薄茶色のペーパーにバターを塗ったものか、耐油紙を用意します。修道院には、どっしりとした巨大なロールのペーパーが届けられていました。このペーパーをテーブルに置いて、その上にケーキ型を置き、芯の尖った鉛筆で型の輪郭を丸くなぞります。次に紙を線に沿って丸く切り取ります。正確に切り取ることができれば、うまく型の底にはまります。でも、小さすぎればケーキの底が焦げることになるし、大きすぎれば、油でべとべとのペーパーがケーキの表面に食い込むことになります。

中敷き用の紙を切り取ったら、とりあえず脇に置いておきます。中敷きを敷く前に、もうひとつすることがあるからです。この第二の作業は、第一の作業よりずっとややこしいもので、焼き型の高さに合わせてペーパーを切るというものです。薄茶色のペーパーの上に型を横にして置き、型の高さと長さを正確に測って中に入れることになるこの紙は、実際の高さより少しだけ長くします。長くした下の部分を、中敷きの方へ向けて小さな折り目をつけていき、はさみで切れ込みをいれます。ひだをもたせる、ベニーはそういう言い方をしました。こうすると、型の底でひだの部分が広がるのです。その上に先ほどの中敷きを置いて、底に落ち着けます。側面のペーパーの高さは、人によっていろいろでしたが、みなさんが私のように「慎重の上に慎重を重ねる」タイプで高さを長くしすぎると、紙が立ち襟みたいに立ち上がり、周りを囲む城壁のようになってしまいます。そんなときベニーは、すぐさま私の城壁を壊してしまうのでした。

ペーパーが型の内側をぐるりと囲むのに十分な長さがあれば、ことはそれほど複雑ではありません。けれども、そうでない場合、ただでさえ言うことを聞かないペーパーを二枚、あるいは三枚も継ぎ合わせなくてはなりません。紙はつるつる滑ります。継ぎ合わせる私たちには、かなりの忍耐力が求められ、ベニーは苛立ちのため息をつくことになるのでした。

ペーパーの長さが足りないとバターの包み紙を使うこともあります。既製品のバター缶の中に入っている紙で、焼き上がったケーキの側面がこの紙に覆われるようにして使います。

同じ方法でセットしますが、バターの包み紙は薄茶色のペーパーよりずっと扱いにくい紙でした。包み紙をこちらの思い通りにさせることは、二歳児を散髪の間じっとさせておくのと同じくらい大変だったのです。紙は絶えず動き、すべり、するりと指先から逃れるため、冷静さを保っていなければ、ぐちゃぐちゃな代物ができあがってしまうのでした。

ベニーは、決して甘く見てはならない女性でした。ケーキ作りを始める前に、ペーパーを完璧な状態でセットしておかなくてはならない、そう言い張っていました。だから、初めて私たちが、クリスマスケーキ作りという長時間の作業を始めたとき、ペーパーをセットした型が、はじめから待機することになったのでした。まるで、支度を整えた中身が安置されるのを待つ棺桶のようでした。作業を進める間、ふと何度も思いました。ケーキが完成する頃には、ベニーと私も棺桶に入ることになるの[2]ではないかしら。

ベニーは、巨大な台所を陸軍軍曹のように厳格な態度と見事な手腕で指揮していて、私たちを問答無用で従わせました。上背があり、がっしりとした筋肉質の身体に、つま先まで届く長さの、糊のきいた白いエプロンをして、自分のなわばりを華麗に動き回り、生徒がしているあらゆる作業に鋭い視線を投げかけています。彼女の座右の書は『オール・イン・ザ・クッキング[3]』でした。今になって考えてみると、三十人の少女たちにクリスマスケーキの作り方という技を教えるのは、たいそう難儀な仕事だったでしょう。それでも、ひるむことなくやってのけたのです。

ベニーのレシピには、少しの変更を加えることも許されず、その通りに作らなくてはなりませんでした。まずボウルに、バターとグラニュー糖を半ポンドずつ入れ、木のさじでよくこねてクリーム状にします。そこに溶き卵を六個入れます。次に、ふるった小麦粉を十二オンス[4]と小さじ四分の一のベーキングパウダーを入れ、へらで切るようにして混ぜます。別のボウルに、数種類の干しぶどうとスグリ、それにサルタナレーズンをそれぞれ半ポンドずつ、アーモンドとサクランボを二オンスずつ、ミックスピールを四分の一ポンド、スパイスを小さじ半分、それにレモン一個分の皮をすりおろして入れます。ドライフルーツは、小麦粉を使ってきれいにほこりを除いておきました。ベニーが原産国の衛生状態を疑っていたからです。ミックスピールは、小さな堅い木箱の中に、パラフィン紙に包まれて修道院に届けられます。そのピールを好みの大きさに刻んで使うのです。ベニーは、いい加減な計量を許しませんでした。正確であることが重要でした。それから最初のボウルに、このフルーツを混ぜたものとグラス四分の一のウィスキーを加えます。

　次はいよいよ生地を型に移します。生地のボウルは、表面がほうろうの食卓に置いてあり、そのすぐ脇には焼き型が、一ミリもたがわぬ正確さでペーパーをセットされた状態で、先ほどから待ちあぐねているのです。ボウルを急な角度に傾け、木のしゃもじを寄せて、生地を型の中に落とします。水分が少ないと、生地は生命のない塊となって落ちていきます。ゆるすぎれば、ひどい下痢のようになります。それが、ちょうど良い硬さであれば、夢のような素晴らしい塊がするりと滑り出てくるのです。生地を型に移している間、中敷きが動かないように、あるいは側面のペーパーが折れ曲がって生地に巻き込まれないように、気をつけなくてはなりません。そんな不幸が起こったときは、折れ曲がって生地にまみれたペーパーを取り除くことになりました。さもないと、オーブンの火にさらされたとたん、真っ黒にこげてしまうからです。そうなると、完璧な仕上がりは望めません。あくまで申し分のない仕上がりにこだわる、これがベニーの方針でした。そうやって、オーブンの中程度の温度で三時間半ほど焼きます。焼きあがったらすぐに、ウィスキーか、あるいは同じ効き目のある別のアルコールを、グラスに四分の一振りかけます。

台所仕事がちゃんとできるというのは、失敗作をダイニングルームのテーブルの上でおいしそうなご馳走に見せることができるかどうかということなのです、というのがベニーの教えでした。ベニーのために申し上げると、彼女はこの教えを実践していて、一年中、私たちの黒焦げ料理を救済し、修復の方法を教えてくれました。すると、ダイニングルームに運ばれてきたときには、ご馳走とはいえなくても、食べることのできるくらいに回復しているのでした。ところがクリスマスケーキだけは、厳しい監督の下で徹底した品質管理を行い、失敗は決して許されません。オーブンから出てくるケーキはすべて非の打ちどころのない姿でなくてはならず、てっぺんがへこんでいたり、フルーツがこぼれ出ていてはならないのです。ケーキのあら熱をとったらバターの包み紙でしっかりくるみ、それから薄茶色のペーパーで何度も包んで、その上から白いひもを渡しかけて固く結びます。

　私たちが初めて焼いたクリスマスケーキは、修道院のダイニングルームの大きな食器棚にしまい込まれました。そして、ときどき取り出されては、においのきつい液体が振りかけられるのでした。この液体は、庭師のティムが修道院の裏口から持ち込むものでした。あぶくの浮いた液体の瓶が一体どこから来るのか、私たちが尋ねることはありませんでした。実は、近くのムシェラ山に自家醸造所があり、ベニーが料理に使うアルコールは、そこからこっそりと運び込まれているのでした。

　このケーキは、修道院で食べたり、「修道院の友人」にあげるためのものでした。「修道院の友人」とは、シスターが使っていた言い方で、修道院とその農場の近くに住む善良な人々や、そのほかにお世話になっている人たちのことでした。クリスマスは、一年の間に受けた善意に対して感謝を表す時期なのです。山の醸造所の住人も、もちろん、友人のひとりだったに違いありません。

　私たちは、自分で持ち帰るためのケーキも焼き、そういうものにはアイシングを施しました。作業に取り掛かる前に、アイシングに使うアーモンドパウダーはとても高価なものだと、ベニーに何度も言い聞かされます。それで、節約しなくてはならない中で行う行為だということを、よくよく心してアイシングを行いました。アイシングには、まず、卵を卵白と卵黄に分けます。これはうまくバランスを取らなくてはならない作業です。殻の中には卵黄だけを残し、卵白は、下で待機するボウルの中へうまく落とします。成功すれば、丸く完璧な卵黄と、透明で一点のしみもない卵白に分かれます。

　初心者にはそう簡単にはできない芸当だというのに、卵白の中に黄金の筋が混じると、ベニーは声を上げて嘆くのでした。卵黄はアーモンドのアイシングに使い、卵白は白いアイシング用でした。卵白の一部をまっさらなケーキの表面に刷毛で塗り、アーモンドのアイシングをする前の接着剤としても使いました。アーモンドのアイシングを施したら、数日間ケーキを休ませ、そのあとで難しい技術を要する白いアイシングを行います。白いアイシングが固まったら、次は飾りつけを行います。ケーキのデコレーションがうまくいくかどうかは、飾りつけをする者の美的センスしだいでした。ようやく私たち全員のケーキが完成すると、ダイニングルームに並べて置いて、それを修道院長が厳しくチェックします。奮闘の結果を院長がどう評価しようと、私たちは最高傑作を焼き上げたという満足感でいっぱいでした。

　修道院では、ミンスミートとクリスマスプディングも作りました。クリスマスプディングはケーキよりずっと簡単で、良い材料さえそろえば、もう成功したも同然です。てっぺんがへこむこともないし、フルーツが表面に出てこないからとがっかりすることもありません。クリスマスの料理のあらゆるものにバターがたっぷり入っているというのに、ミンスミートとプディングには料理用獣脂も使います。これは地元の肉屋で購入し、ほぐしてから細切れにして使うのです。あのとき獣脂を食べたせいでコレステロール値が上がったかもしれない、

そう思うとぞっとするのですが。

　自宅でクリスマス料理を作り始めると、私は折に触れて心の中でベニーに感謝します。料理に関心などなかった十代の私の頭に、実用的な料理の基礎を叩き込んでくれたのですから。あの頃の母のように、十一月に入ると、今では私が特別な食材を扱う店へ出かけて行き、ドライフルーツが入荷しているか確かめます。その店では、汁けのある粒ぞろいのフルーツが昔懐かしい木箱に入れられていて、周りに染み出た果汁の表面に皮がぷかぷか浮いているのです。店内を漂う香りが私の記憶を呼び覚まします。汁けがにじみ出るドライフルーツを、お玉ですくって次々に容器に詰めていくのはこの上なく楽しい作業です。

　私はクリスマスの料理として、まずミンスミートから作り始めます。ミンスミートは、熟成させるほどおいしくなるからです。クリスマス用のドライフルーツを買って帰ったら、マーマレードを煮込むのに使う大きなステンレス製の鍋を台所のテーブルの上に置きます。その中に、バターを四分の三ポンド、黒砂糖一ポンド半、サルタナレーズンとスグリを一ポンドずつ、ミックスピール二オンス、刻んだリンゴ六個、オレンジ二個とレモン二個分の果汁と皮、アーモンドパウダー四オンス、それに、ミックススパイスを小さじ一杯入れます。

　この素晴らしく濃厚で香り高い材料を混ぜ合わせていると、本当に満ち足りた気分になります。混ぜ合わせたら、わが家の裏口から持ち込んだ液体を気前よくまき散らし、ラム酒を少々振りかけます。ラム酒は濃厚な味わいのお酒で、振りかけるとその風味がつくのです。

ミンスミートを作るにはマーマレード鍋がうってつけです。材料をよく混ぜ合わせたら、ずっしりと重いふたをしてそのまま裏口のポーチに二、三週間置いておくことができるからです。その間に、フルーツどうしが味や香りを吸収し合ってうまく混ざります。生地のまとまりを良くするためには、木製のさじでときどきかき混ぜる必要があります。そのときまたラム酒を振りかけると、クリスマスらしい気分が盛り上がるのです。

次に、ケーキとクリスマスプディングを作ります。ケーキは、だいたいベニーのレシピ通りに作りますが、必要に応じて材料を多めにすることもあります。プディングを作るには、大きなボウルに次のものを入れます。パン粉、スグリ、サルタナレーズン、普通のレーズン、バター、黒砂糖をそれぞれ四オンスずつ、小麦粉二オンス、ミックスピール二オンス、アーモンドパウダー一オンス、オレンジかレモンの皮と果汁を一個分、すりおろした青リンゴ一個、それからミックススパイスと塩を小さじ半分ずつ。この材料をすべて混ぜ合わせ、溶き卵三個を入れてかき混ぜてから、ウィスキー小さじ二杯と小瓶に半分の黒ビールを入れます。これをバターを塗ったボウル二つに分け入れ、耐油紙で覆います。厚底鍋二つに湯を沸かし、その中にボウルを入れ、それをアガ社製ガスレンジの下の段に置いて蒸します。

このガスレンジが優れている点は、中が完全に密閉されるので加熱しているあいだ蒸気が出ないところです。蒸しあがったプディングをレンジから取り出し、聖水瓶のように純真で上品な表情をした瓶の液体を振りかけて清めます。こうしてできあがったプディングは、ケーキと一緒に、ペグおばさんの食器棚[6]の下の段で、クリスマスまで待機しているのです。

訳注

1 新約聖書に登場する東方の三博士。イエスが誕生した際に礼拝にやってきて、贈り物を捧げた。

2 ベニーの厳しい指導にアリスが反発し、殴り合いのけんかになりかねないことを、大げさな表現で表したもの。

3 ノラ・M・ブラーノック他著。一九四六年に出版された、伝統的なアイルランド料理の料理読本。七〇年代まで料理学校で教科書として使用されていた。

4 一ポンドは約四五四グラム。一オンスは約二十八グラム。一ポンドは十六オンス。

5 ミンスミートは、ドライフルーツやナッツをラム酒やブランデーで漬け込んで熟成させたもの。パイなどの詰め物として使う。クリスマスプディングは、ドライフルーツをラム酒やブランデーに漬け込み、それにナッツや香辛料、小麦粉、卵などを混ぜ合わせた生地を型に入れて蒸したもの。数日から数か月かけて熟成させ、クリスマスの日に再び蒸してから食べる。

6 夫の養母ペグが使っていた食器棚を、彼女が亡くなった後、著者が受け継いだ。

do it now

第五章　便りのやりとり

最近アメリカを訪れたときのことです。見知らぬニューヨーカーが、私の英語のアクセントを耳にして親しげに声をかけてきました。「私もアイルランド人です」。私が「アイルランドのどちらですか」と無邪気にたずねると、彼女のひいひいひいおじいさんが（何代さかのぼったかわかりません）スライゴー[1]出身だと告げられたのでした。私たちのルーツは、老木の根のように曲がりくねっています。それでも、誰もがみな、自分の命の源とつながっていたいと、心の奥底で思っているのです。一年のあいだ、自分のルーツをたどりたい気持ちは休眠状態になっていますが、クリスマスが来ると様々な思い出がよみがえり、故郷の人と連絡を取りたくなります。

　私の実家の田舎家には、先祖の八世代が住んできました。アイルランド中の多くの家族がそうであるように、うちの一族からも何人も世界のあちこちへ移住して行きました。クリスマスが近づき、移住した人たちがふるさとを懐かしむのですが、故郷とのつながりを保つ方法は、クリスマスカードだけでした。当時は、電話も電子メールもスカイプ[2]もありません。アメリカから届くクリスマスカードは、移住した人々を育んだ古き良きアイルランドに、新たな世界の香りをもたらしていました。移住者の中には、アイルランドを桃源郷のように思い込んでいる人もいました。クリスマスカードには、やけに早く届くものもありました。祖国の人々は何をするにもゆっくりだから、早く出そうと考えた移住者がいたのでしょう。そんなとき、郵便配達員のジョニーが、鞄の中からカードをさっと取り出して振りかざしながら声を上げるのです。「ヤンキーてぇのは、ほんとにせわしないぜ」

カードは、大きな封筒に入って届きました。封筒が派手な赤色のことさえありました。上部には色とりどりの細長い切手や記念スタンプが、まるで退役軍人の胸を飾る勲章のように並んでいます。アメリカから届くカードは、子どもの私たちには天の恵みのようにありがたく思えました。陽気で華やかで美しいクリスマスカードは、モノクロのアイルランドに鮮やかな色彩をもたらしていました。母は、敬意をこめてゆっくりと丁寧に、まるで芸術作品の除幕式のように封筒を開きます。早くミルクをちょうだいとせがむ子牛のように、私たちは母をぐるりと囲みました。封筒の中を見たくて仕方がない気持ちを、かろうじて抑えていました。母の優しく落ち着いた物腰の内側には、どんな攻撃にもびくともしない鉄壁があるとわかっていたからです。

封筒を破いてあけることはなく、のり付けされた部分を丁寧に引きはがしました。どうし

郵便はがき

料金受取人払郵便

神田局
承認

4803

差出有効期限
平成32年6月
7日まで

101-8791

504

東京都千代田区
猿楽町2-5-9
青野ビル

㈱未知谷 行

ふりがな	年齢
ご芳名	
E-mail	男　女

ご住所　〒　Tel.　-　-

ご職業	ご購読新聞・雑誌

愛読者カード

ご購読ありがとうございます。誠にお手数とは存じますが、アンケートにご協力下さい。貴方様の貴重なご意見ご感想を賜わり、今後の出版活動の資料として活用させて頂きます。

●本書の書名

●お買い上げ書店名

●本書の刊行をどのようにしてお知りになりましたか？

書店で見て　　広告を見て　　書評を見て　　知人の紹介　　その他

●本書についてのご感想をお聞かせ下さい。

●ご希望の方には新刊書のご案内をさせて頂きます。　　要　　不要

通信欄（ご注文も承ります）

てもはがすことができないと、キッチンナイフを持ち出してきて、封筒に慎重にはさみ込み、縁に沿ってゆっくり動かして切り開いていきます。そうする間、封筒の中身が動いてカサカサ音がするたびに、私たちの旺盛な好奇心がさらに刺激されました。ついにカードの出口が切り開かれ、みんなの好奇心の的がしだいに姿を現します。素晴らしいカードに、私たちはただただ驚き、感心するばかりでした。赤い衣服に身を包んだ、お腹が突き出たサンタクロースが、雪をかぶっています。アイルランドの田舎ではまだなじみのない存在が、おもちゃの詰まった大きな袋を肩から下げて、この地にやってきたのです。その見事な様子に、言葉も出ませんでした。母はなんともいえない表情をしていたので、感動したのか幻滅したのか、私にはわかりませんでした。サンタは、母の小さな世界にいる私たちに、手の届かない憧れを抱かせかねない、そう思ったのでしょうか。でもすぐに興味深げな顔つきに変わり、差出人の名前と印刷されたメッセージを見つめました。

母は、自分が送るクリスマスカードのメッセージをあまりにも重々しく考えていたので、家族のみんなにからかわれるほどでした。だから、母がカードを買いに行くときついていくと、忍耐力を試されることになるのでした。

海外へ送るカードは早めに出さなくてはなりません。というのも、お金が天下の回りものでないとしたら、カードを送るのに、速度の遅い船便で彼方の地へ送るしかないからです。実際、お金は回ってきませんでした。華麗に空を横切る航空便で送るには、それなりの料金を払う必要がありました。問題は、母が何をするにも時間に間に合ったためしがないということでした。母の数少ない短所のひとつが、締め切りを守らないという点でした。締め切りとは、まったく受け入れることのできない概念だったのです。すべてのことにたっぷりと時間をかけていたため、あらゆることに遅れてしまうのでした。

海外への郵便を投函しなくてはならない期限が近づくと、最優先ですべきことが重なって、母のストレスは最高潮に達し、耐えられなくなるようでした。父は、いつもひとりで着々とすべきことを進め、妻にはマイペースを守らせていましたが、その父も、妻のこの苦しい状況に気づいていました。でも、どうにかしたくても、作業を手伝うことはありません。クリスマスカード書きは、父の守備範囲ではなかったからです。もっとましなことができない人間がするか、子どもがすればいいくだらない作業だと考えていたのでした。

父は問題を解決しようと、いつもなら悩みの種とみなしている五人の娘に頼りました。(うちの女性陣に振り回されているといって、身の上を嘆くときの父の決まり文句はこうです。「神よ、娘を五人も持つこの男を憐れみたまえ」)。信心深い人間ではなくても、切羽詰まった状況になると、聖人や神ご自身にさえ、ためらうことなく助けを求めていたのです。助けに来てくれるよう祈りを捧げたあと、こう唱えて締めくくるのでした。「まったく、なんてことだ。役立たずのおまえたちの誰かひとりでもいいから、母さんがあのいまいましいカードを書くのを手伝ってやりなさい。でなけりゃ、ただでさえ落ちつかないこの家が、とんでもないことになっちまう」
それから「担当が決まっていない仕事は、誰がやってもいい」と気づいた父は、家族を代表してこの仕事をする担当者を決めました。「アリシーン、おまえはいつだって本を読んだり何か書いたりしてなまけているな。ちょっとはましなことをしたらどうだ。母さんに手を貸して、くだらんカードをやっつけてやりなさい」。こうして、うちで「母さんがカードをやっつける」と呼んでいた作業は、私の仕事にもなりました。私は、どんな基準でカードを選ぶか、誰にどのカードを送るかなどのコツを、幼い頃この作業を通して学んだのです。

母の頭の中にはカードの送付先リストがあり、そのひとりひとりを心に思い描きながらカードを買いました。カードの絵は、母好みのクリスマスを表すものでなくてはならず、中に印刷されたメッセージは、多少なりとも受け取り手の状況にそぐわなくてはなりません。そんなの無理ですって？　だからこそ、選ぶのに長い時間がかかったのです。うちの近くの小さな町には、ほんの数種類のカードを扱っている店が二軒あるだけでした。母は少しでも希望に沿ったものを選びたいと、両方の店ですべてのカードをじっくり吟味していたのです。もし母が、現代のカードショップでありとあらゆる種類のカードを目の前にしたら、自分の気が済むように選ぶには、泊まりこみの作業になったことでしょう。

この町では、ホールマーク社[3]製の踊るトナカイやチカチカ光り輝くそりは、まだ店の棚を飾ってはいませんでした。カードの種類は限られていて、ブライアン・オーヒギンズ[4]の詩が

書かれているものやキリスト教の伝統的な場面を描いたものばかりでした。それでも母はまったく気にしませんでした。というのも、飼い葉桶のイエス様が描かれていれば、何も問題はなかったからです。母にとってクリスマスとは、ベツレヘムと切り離すことのできないものでした。この時期に「よい休暇をお過ごしください」なんてあいさつされても、荷造りをしてバリーブニオンへ出かける夏の休暇を思い出すだけだったと思います。それに、長いコートにシルクハットの男性と、ふっくらした長いスカートにボンネットという姿の女性がクリスマスキャロルを歌う場面が描かれたカードを、人に送ることもありませんでした。母にとってそんな絵柄はサンタクロースと同じくらいなじみのないものでしたから。そういうたぐいのカードは、国内外の親戚に送るべきものではなく、とりわけ海の向こうの人々へは決して送ってはならないのでした。

さて、カードを買ってしまっても、仕事の半分がようやく済んだだけです。これから、母いわく「やっつける」作業を始めます。この作業は、数週にわたって日曜日の午後と平日の夕食後に行いました。オイルランプに照らされた台所の食卓につき、海の向こうに住む親戚全員に手紙を書きます。何年もたってから聞いたのですが、親戚の多くが母からのカードを毎年楽しみにしていたといいます。ふるさとの興味深いニュースが記され、受け取る側が楽しめるちょっとした話題が書かれた手紙が同封されていたからでした。母にとってクリスマスとは親戚や友人とのつながりや絆を確認する時期であり、その対象には母自身の親戚だけでなく父方の親戚も含まれていました。というのも、父がペンを持つなどありえないということが、母にはわかっていたからです。

それから何年もたって私たちきょうだいが実家から出てしまったあとも、私はこの時期になると実家に戻り、母がクリスマスカードをやっつけるのを手伝っていました。送付先リストはとても長いのですが、母と一緒にカードをやっつけながら、そんな機会でもなければ知ることのなかった家族の歴史の断片を聞くことができました。

子どもの頃そんな経験をしたことで、私は、大切な人に送るカードを選ぶため、カードショップに何度も足を運ぶようになってしまいました。年に一度だけ連絡を交わす相手には、できるだけ手紙を添えるようにしています。受け取ったカードに手紙が入っているととても嬉しいですし、手紙を添えることでカードのやり取りがより豊かなものになると思うのです。ただし手紙とはいっても、家族の一年のできごとをパソコンで書き連ね、ビジネス文書のように、どの封筒にも同じものを入れる、そんなものを言っているのではありません。なんでも大量生産できるようになった現代こそ、短くても手書きであることが大切だと思うのです。

母がしていたように、今では私が、ゆっくりと丁寧に封筒を開けてクリスマスカードを十分に堪能しています。受け取ったら、すぐに開かずに置いておき、十分な時間があるときに腰を落ち着けて送り主のご苦労をありがたく思いやりながら楽しみます。心のこもったメッセージが添えられた美しいカードを封筒から取り出す、これはクリスマスの喜びのひとつに違いありません。ある友人は、見とれてしまうほど立派で大きな犬を二匹飼っています。その二匹が楽しいポーズで映った写真が大きなクリスマスカードとなって、毎年わが家に届きます。雪にまみれた姿だったり、カラフルな犬小屋のドアから外をうかがっている写真だったりするのです。友人はプロの写真家のように撮影がうまく、それに、二匹は本当に見事な犬なのです。クリスマスの十二日間、私の視線は何度もそのカードに惹きつけられ、その度に笑みがこぼれます。友人から届いたカードを飾ると、その人がすぐ近くにいるように思え、みんなで心をひとつにして一緒にクリスマスを祝っているように感じられるものです。

訳注
1　アイルランド北西部の県。
2　インターネットを使って、無料でビデオ通話ができるソフトウェア。
3　アメリカの大手グリーティングカード会社。
4　一八八二年〜一九六三年。アイルランドの革命家・詩人。ナショナリズム政党であるシンフェイン党設立メンバーのひとり。
5　ケリー県にある海辺のリゾート地。毎年夏休みに、著者の一家はこの町へ出かけていた。

Seasons
Greetings

WEEKLY EXAMINER
Christmas 1949

第六章　季節の読み物

毎年、サンタクロースを最初に目にするのは、地元の新聞紙上でした。当時『コーク・エグザミナー』という名で知られていましたが、地方に偏りすぎた名前だという理由で、『アイリッシュ・エグザミナー』に改名されました。最初に、小さなサンタがこちらをのぞいている姿が、第一面のいちばん上に現れます。それが、クリスマスが近づくにつれ、どんどん大きくなっていくのです。そしてこの時期に発行される雑誌『ヒイラギの枝』が出回るようになると、サンタに手紙を書く時期になります。これは大変な仕事で、ある晩夕食を済ませたあと、ベッドに入るまでの間の数時間をかけて行いました。あれやこれやと言い合ったり、欲しい物を何度も変えたりしながら、隣人のビルおじさんの助けを借りて書いていきます。手あかにまみれて薄汚れた紙は、塗りつぶしや取り消し線でぐちゃぐちゃになり、もうサンタにしか解読できないようになってしまった手紙が、封筒に入れられました。翌日、手紙を出すのは父の仕事でした。クリーム加工所へ行く途中で投函するのです。そのあとはサンタ任せというわけです。

『コーク・エグザミナー』の新聞社が発行する『ヒイラギの枝』は、クリスマスの時期にコーク県のどの家庭でも買い求められていました。父は毎朝クリーム加工所へ向かう途中、『コーク・エグザミナー』を買っていましたが、どういうわけかわが家のクリスマス用買い物リストに『ヒイラギの枝』を入れる必要はないと考えていました。だからこの雑誌を買ってくるのは兄のティムで、ティムは他にもクリスマスの読み物をわが家にもたらしてくれました。この雑誌は記事が満載で、毎晩読んでも読み終えるのに何週間もかかりました。子ども用ではありませんでしたが、クリスマスが近いことを知らせてくれるものだったので、兄がこの雑誌を買ってくると、私たちは大喜びしました。

『われらアイルランド』のクリスマス特集号が出るのも楽しみにしていました。誌面のまるまる二ページが歌に割かれていて、私たちはこれを見て、それまでは断片的にしか知らなかった歌の歌詞を覚えることができました。晩方いつものように隣人のビルおじさんがやって来ると、掲載されている物語をせがんで読んでもらいました。私たちのお気に入りは「さすらい女キティ」の物語でした。このおしゃべりなゴシップ好きは、国中を旅しながら行く先々でうわさ話をばらまいていました。母は眉をひそめましたが、ビルおじさんと私たちは大好きでした。

学校では先生が『極東』という雑誌を配布しました。その中で私たちの興味を引いたのは、

パッジー・ライアンがいろいろないたずらをする、子ども用のページだけでした。下校途中に小さな石造りの橋の上に腰かけて待っていると、上級生でいちばん朗読がうまい子どもがやって来て、最新号の「パッジー日記」を読んでくれました。『極東』の他の記事にはクリスマスの要素がほとんどなかったので、私たちはまったく気に入りませんでした。

母は、町でパブを営む女性から『聖心の使者』を買いました。この冊子は表紙が赤いということもあり、もう少しクリスマスらしい内容でした。けれども、ミサへ向かう途中の小さな木造の小屋で販売されていた『アイリッシュ・カトリック』は、色彩を欠いていて、子どもの好みには合いませんでした。それが、聖家族[1]のきれいな絵が表紙を飾ることもあり、そうすると、とても良いと思うのでした。そんなとき「クリスマスってね、この御家族をお祝いする期間なのよ」と母に何度も言い聞かされたものです。

私たちが思うに、あらゆる雑誌の中でいちばん素敵なのは『ヒイラギの枝』でした。母はこの雑誌を愛読していて、台所に平和と静けさが訪れる夜遅く、オイルランプの下に腰を据えて、はじめからきちんとページをめくっていきました。適当に読み飛ばしながら進む人ではなかったのです。父はこの雑誌を読みませんでしたが、ビルおじさんはよく読んでいたので、晩方わが家にやって来ると、いろいろな記事について母と意見を交わし、感想を言い合っていました。この雑誌にはとてもたくさんの記事が掲載されていたので、読み終えるのにクリスマスの間じゅうかかることもありました。結婚してイニシャノンに移って以来、私もクリスマスに『ヒイラギの枝』を読むようになりました。夫の養父母のジャッキーおじさんとペグおばさんも丹念に読んでいました。

一九八三年、クリスマスが過ぎ公現祭[2]が来る前の、雨がしとしと降る日曜のことでした。私はくつろいで『ヒイラギの枝』をめくっていました。読み進めているうちに「コーク市のことばかり書かれているじゃない」ふとそんな思いが心に浮かんだのです。私たちイニシャノンの人々はどうなの？　私たちの言葉にもう少し誌面を割いてくれてもいいんじゃない？　そんなとき、ドハティ師の記事を目にしたのです。私が越してくる前に村の教会の司祭だった人です。会ったことはなくても、名前は何度も耳にしていました。そして心の中にある思いが芽生えたのです。教区のクリスマス冊子を発行して、みんなの言葉を発信できるようにしたらどうかしら？　ドハティ師なら記事を書いてくれるかもしれないわ。いろいろな可能性を考えました。そして、衝動的な気持ちを抑えられず、ドハティ師に手紙を書いたのです。

私がもらった、人生最高の助言のひとつに「良い衝動を押さえてはいけない」があります。考え過ぎてはいけません。脳の冷静な部分が、衝動に駆られて行動しないようにクリエイティブな部分に働きかけたら、夢が実現しなくなります。だから、したいようにしてみるのです。数日後、ドハティ師から返事が届きました。小冊子に喜んで寄稿してくれるとのことでした。いよいよ夢が翼を広げ始めました。次に、いちばん骨の折れる仕事に取り掛かりました。これを乗り越えなければ、夢は実現しません。協力的な住人の家を訪ね、冊子に記事を書いてもらえないか頼んだのです。

アイルランドの一般市民にとって、冊子に文章を載せるのはおっくうなようです。印刷されてしまうと、撤回できないのが嫌なのかもしれません。あるいはまた、隣人のことを気にしている人も多いようです。他人にどう思われるか気にし始めると、文章を書いたり、やりがいがあることをしたりするときにためらってしまいます。

それでも、数人の勇気ある人々が記事を書いてくれました。できあがった『イニシャノン・キャンドルライト』の第一号に目を通しながら、記事を書いてくれなかった数人はこう言いました。「え、こんな感じでいいの?」

「ええ、これでいいんです。『ユリシーズ』[3]を書こうってんじゃないから」

『キャンドルライト』は翌年も発行されるだろう、誰もがそう期待しました。けれども、みなさんもよくご存じのように、期待しただけでは物事は進まないものです。人間に対する鋭い観察眼の持ち主の友人がこう言いました。「人は三種類に分けられる。物事を実現させる人、できあがるのを黙って見守る人、『いったいどうなってるの?』と口出しをする人」。幸運なことに、教区の人々には最初のタイプに分類される人が多かったのです。そこで記事を寄せてくれる人をより多く募り、翌年にめでたく第二号が出版されました。クリスマスに発刊されるこの小冊子は、もう何年も出版され続けています。長年のあいだ寄稿してくれている人もいます。そういう人たちは良い記事を書いてくれると、ほぼ毎年当てにしています。

Innishann
An 33rd
2016
Candlelight

文章を書く練習が必要な人もいて、そんな場合は、夏が終わる頃から書き始めてもらいます。毎年依頼しても、協力してくれない人もいます。忙しいというのです。本当はそうでもないのに、自分は忙しいと思い込んでいる人たちがいるからです。「どのくらいの期間で仕上げなくちゃならないんだい？」と尋ねられたら、本当のところこう答えたいくらいです。「書きたい気持ちがあれば時間はたっぷりあるけど、その気がなければ時間は足りないでしょうね」

いろいろなことがありましたが、『キャンドルライト』はひとつひとつ号を重ね、長年の間、この小冊子がなければ記録されなかったような教区内の様々なできごとを、記録し続けてきました。大仰な編集委員会があるのではなく、この小冊子の存在価値を信じる女性、メアリー、モーリーン、それに私の三人だけで行っています。毎年、表紙をめくった最初のページは、火の灯ったキャンドルを手にした子どもの写真にしてあります。クリスマスと新しい一年のはじまりを表しています。いちばん最初のキャンドルが灯されたのは一九八四年でした。

教区のクリスマス小冊子を発行するというアイデアが浮かんだとき、まさかこんなに長く続くとは思っていませんでした。それが今でも続いているのは、人々がこの『キャンドルライト』を愛し、毎年出版して欲しいと言ってくれるからです。それにもちろん、メアリー、モーリーンそして私には、素晴らしい冊子を編集しているという思いがあります。

『キャンドルライト』は世界中に送られています。昨年のことですが、ずいぶん前にイニシャノンから引っ越していった女性に会い、その人がうちの教区のできごとについてよく知っているので驚いてしまいました。なぜそんなに詳しいのかと尋ねると、次のような答えが返ってきたのです。「キャンドルライトですよ。毎年クリスマスに送られてくるから。待ちきれないくらいです。クリスマスのいちばんの楽しみなんですよ」。つまり『キャンドルライト』は、さすらい女キティのように、あちこちを訪れて教区内のニュースを届け、イニシャノンのクリスマスには欠かせない存在になっているというわけです。

訳注

1　幼子イエスと母マリア、父ヨセフの三人からなる家族。

2　カトリック教会で、一月六日に行う祝祭。クリスマスから第十二日目に行う。小クリスマス。

3　アイルランドの小説家ジェームズ・ジョイスの長篇小説。一九二二年に出版され、二十世紀文学の記念碑的作品とされる。

第七章　プレゼントを買いに

何十年も前に農場で育った私は、家族や友人にクリスマスプレゼントを贈るのに、頭を悩ませたことはありませんでした。というのも、クリスマスプレゼントを買う習慣などなかったからです。少なくとも、現在私たちが行っているようなやり方では。プレゼントはサンタクロースが持ってくるものであり、それ以外の何ものでもありませんでした。お金に余裕がなかったので、プレゼントを買うことなどないのです。だから、もらえなくて残念とも思いませんでした。もらえることとさえ知らなかったのですから。

旅回りの女たちが教区に到着すると、クリスマスの気配を感じます。いつもなら、洗濯バサミや聖人の御絵、それに虫よけの樟脳《しょうのう》がいっぱい入ったかごを携えて来るのですが、この時期になると、ショールの下に抱えたかごの中身が季節感あふれる品物に変わっています。台所の壁に吊り下げる紙の輪飾り、ろうそく台を飾る紙のフリル、大きくてカラフルなペーパーフラワーが詰め込まれているのです。私たちは大喜びで踊りまわりますが、少しでも安く買おうと、母が品物を値切ろうとするため、少々興ざめしてしまうのでした。購入した美しい品々は、飾りつけをさせてもらえるクリスマスイヴまで、客間にある母の戸棚に鍵をかけてしまっておきました。

明日から学校が冬休みというその日、私たちは嬉しくて有頂天になって家に帰りました。あと数日でクリスマスが来るのです。次はわが家に「クリスマスを持ち込む」準備をします。ある朝早く、父と母がふたりだけで町へ出かけて行きます。いつもなら、町へ出かけるとき、きょうだいのひとりかふたりがついて行きますが、「クリスマスを持ち込む」ときは違いました。大人だけで出かけて行くのです。

前の週の土曜に、ポニーに引かせた荷馬車でガチョウを何羽か町の店へ持って行き、幼子イエス様のご像をクリスマスマーケットに出品していたので、母のポケットには少々お金が入っていました。母はガチョウをたくさん育てていて、町に住む妹やいとこのために、数羽の羽根をむしって、あとはオーブンに入れるだけの状態にしてやりました。父は、いちばんよくできたジャガイモを袋にいっぱいにして、親友に届けました。

不思議なことに、当時はガチョウを、のちには七面鳥を、国内のあちこちや海外に郵便で送っていたのです。食べられる状態で届いたのかどうか、まったくわかりません。バターを何ポンドもイギリスへ送ったのも覚えています。あの頃はごく普通のことでしたが、今ではちょっと考えられませんよね。

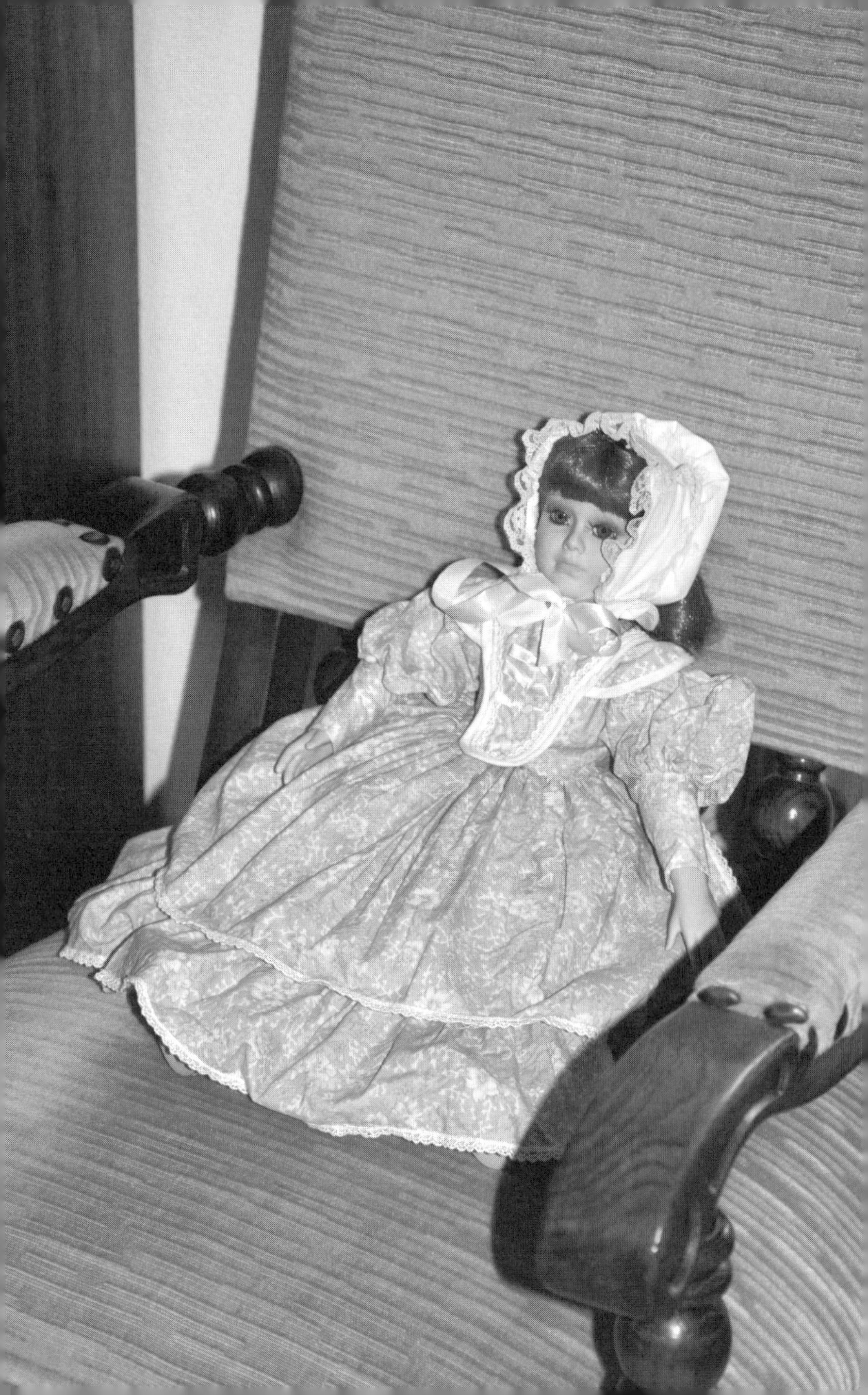

一日じゅう両親の帰りを今か今かと待っていると、あたりが薄暗くなった頃、小道をパカパカ歩くひづめの音が聞こえました。荷馬車に積んである箱の中には、運ぶのを手伝っていいものもあり、それを家に運び、客間のテーブルの上に置きました。母は、残った箱は自分が慎重に運ぶからと言い張りました。箱の中には、大きな干しぶどうパンや種入りパンが入っていて、母がよく買い物をする店の店主が一年の愛顧のお礼として寄こしたものでした。町に住むおばが焼いた自家製のケーキとプディングが入っていたり、町でパブを営むいとこが黒ビールを木箱にひとつ寄こしてくれたりもしました。こういうものはすべて戸棚の奥にしまい込み、母が鍵を持っていました。もうこれでクリスマスは、わが家の客間の戸棚にしっかりと保管されました。

そんな風にプレゼントは居場所があちこち変わりましたが、もらうのは実用的なものばかりでした。サンタだって実用的な考え方の持ち主なのです。カーディガンとワンピースをもらってとても嬉しかったことを思い出します。プレゼントが人形や木製のおもちゃにグレードアップすることもあり、そうすると何年も大切に使いました。おもちゃなどほとんど見ない時代でしたから、おもちゃをもらうと、本当に長い間使い続けたのです。

後に私自身が母親になったとき、サンタのふりをして子どもたちにプレゼントをあげるのを大いに楽しんだものです。クリスマスの朝、子どもたちが喜びの声を上げるのを聞くと、ひとりひとりが喜びそうな物を吟味した苦労が報われたと感じました。上の四人は全員男の子なので、積木や列車のプラモデルばかり買っていました。そして長女が生まれたとき、また子どもの頃のように、人形の世界に親しむことができると喜んだものです。娘の初めてのクリスマスに、サンタは美しい人形と乳母車をプレゼントしてくれました。長男はすでにサンタクロースを信じない年齢になっていましたが、娘より大きな人形と乳母車を見て、おもしろがってこう言ったものです。「自分が欲しくて買ったんでしょ」。息子の言う通りでした。

仕事をしながら幼い子どもの子育てをしている母親が、クリスマスプレゼントを買いに行くには、時間をやりくりし、効率よく動けるように、考えなくてはなりません。私が、村で一軒きりの食料品店と郵便局を手伝って、まさにその状態にあったとき、クリスマスは大忙しでした。だから、クリスマスの買い出しは、軍隊のように綿密な計画を立て、たいていは一日で終わらせました。つまり、考え抜いた買い物リストを携えて行く必要があったのです。

その特別な日、私は店の開店時間をめがけて町に到着しました。子どもを連れないで買い物に行ける機会などめったにないので、リストの買い物をすべて終わらせようと、やる気に満ちあふれていました。足取りも軽く買い物をスタートさせ、リストの品を消していくごとに、なんともいえない満足感にひたります。うまく進めるコツは、リストにあるものだけを買うことでした。

クリスマスプレゼントの大量買い込みを開始する前に、きちんとリストを作っていくのが私のやり方です。お金を稼ぐには大変な苦労が伴うのだから、使うときには真の喜びを感じるはずです。その喜びを実現する手立てが、買い物リストなのです。リストに沿って進めていかない人もいますが、私にとってリストは、買い物という壮大な旅を歩んでいくためのロードマップであり、ナビゲーションシステムです。正しい方向に導いてくれる何らかの手引きがなくては、同じ場所をぐるぐる回ることになり、最悪の場合、すべてが徒労に終わってしまいます。あるいはまた、まったく見当違いの店を訪れることにもなります。

買い物リストを作るのはとても楽しい作業で、私は大好きです。作っていると、クリスマスを迎える気分がだんだん高まっていくのです。でも作業を進めるうちに、自分自身の嫌な面が見えてくるかもしれません。多くの人はまず、いちばん大切で親しい人に贈るものを考えるでしょう。その人を喜ばせるには何をあげたら良いか、そう考えること自体が楽しいのです。それからおもむろに、あまり親しくない人へと移っていき、最後には罪悪感を覚えながらも、仕方なく「義理で贈る」プレゼントを加えます。「もの思う心がわれわれを臆病にする」* そう言ったのはシェイクスピアでした。良心にしたがって物事を案じすぎると、大きな代償を払うことになります。だから、義理で贈る相手に、あまり立派なプレゼントをしないよう気をつけなくてはなりません。その人に対して善意を示さなかったという良心の呵責を埋め合わせようと、そんな気持ちになるかもしれないのです。店の中を歩き回っているうちにクリスマス独特の幸福感に包まれてしまい、その人に親切にしなくて申し訳なかったという気持ちでいっぱいになります。すべての人の幸福を祈ろうという善意がわき起こって

きて、この一年の間に迷惑をかけられた人に対しても優しくなるのです。そういうときこそ、買い物リストがあなたをしっかり支えてくれます。その人をリストに加えたことで、思いやりを示さなかったという後ろめたさは、すでに克服しているのです。ひねくれた考え方かしら？　そうかもしれません。でも、これでうまくいくということは実証済みです。

クリスマスのプレゼント探しをしていると、偶然にもちょうど良い品を見つけ「ああ、あの人がきっと気に入るわ」と思うことがあります。リストにはないけれど、予定していたものよりずっと良さそうです。そんなことがあれば、願ってもない幸運です。その他の品については、黙々と買い進めるだけです。運よく良い品を見つけることもありますが、うまく進まなければ気を取り直し、何か別なものを探し始めなくてはなりません。

疲れて決断力が鈍ってきたら、いったん休憩をとり、街の中心部にあるレストランに入ります。店の片隅の静かな席に腰をおろし、おいしい食事を味わいながらこれまでの成果を確認します。ワインが飲みたくなりますが、ぐっと我慢します。ランチと一緒にワインを飲んでしまうと、正しい判断ができなくなりますから。今日は、頭の中を明晰にしておかなくてはならないのです。

そして買い物を再開し、着実に進めていきます。さっき訪れた店に引き返し、買わないことにした品物をもう一度手に取ることもあります。そして最後には、書店に入ってもよいことにしています。ある年、最初に書店に入ってしまい大失敗しました。書店はゆっくりと見

BRENDAN KENNELLY
A Time for Voices
SELECTED POEMS 1960-1990
SEAMUS

て回るのにうってつけの場所ですが、あのときは、ゆっくりするにはまだ早すぎたのです。コース料理でメインディッシュをいただく前にデザートを食べてしまったようなものでした。けれども、午後の遅い時間に入るには、書店は申し分のない場所なのです。さて、リストの品の大部分は買いました。そろそろ家に帰る時間です。子どもたちがまだ幼い頃は、サンタからのプレゼントを急いでまとめると、隣のペグおばさん宅の空き部屋にある、古い洋服ダンスの中に隠しました。ちょうど私が幼い頃、実家の母が客間の戸棚に隠したように。

結婚して、クリスマスプレゼントの買い物に出かけるようになったばかりの頃、私は他の誰よりも自分を優先させるという許しがたい罪を犯しました。クリスマスとは世界中の人々に幸せをもたらす季節なのだから、私もそのひとりに入れていいと考えたのです。自分にプレゼントを買いました。それ以来、クリスマスのたびに買っています。こうすると、ワクワクするほど嬉しいプレゼントが、少なくともひとつは確実にもらえることになります。私にとってそういうものとは、本です。あるとき、ぜいたくをして、W・B・イェイツのハードカバーの詩集を買いました。それからパトリック・キャヴァナ、ブレンダン・ケネリー、テッド・ヒューズ、ビリー・コリンズという風に買って行きました。このプレゼントのおかげで、私の人生は豊かになりました。結局のところ、クリスマスとは、人生を豊かにするものなのではないでしょうか。

訳注

＊　ウィリアム・シェイクスピア著『ハムレット』で、ハムレットのセリフにある言葉。小田島雄志訳、一九八三年、白水社。

第八章　クリスマスマーケット

私たちがクリスマスマーケットを開催するのは初めてでした。私たちの教会は、すぐにでも改修する必要があり、クリスマスにちなむ工芸品を作って売れば、改修費用の問題は解決するように思えたのです。出品するものは教区の人々の手作りの品とし、既製品はひとつも売らないことに決めました。でも、買ってもらえるほどの品質の商品を生み出す創造性が、私たちにあるでしょうか。品揃えが豊富な一流マーケットにふさわしいくらいたくさんの品を作ることができるでしょうか。教区の人々は、家の中を美しく飾る品々を作る腕前を、失ってはいないでしょうか。

一九七〇年代に『ハンズ』という素晴らしいテレビ番組がありました。デイビッド・ショー＝スミスという聡明な人物が製作したものです。この番組はアイルランド国内の様々な工芸品の職人技を記録したものでした。最近、新たに製作された『ハンズ』を見ていたら、インタビューに応じていた職人が、七〇年代に出演していたのと同じ人々だったので、身の引き締まる思いがしました。伝統工芸の中には、今では失われてしまったものがいくつもあります。私たちは、大切な文化遺産を目先の利益のために犠牲にしてはいないでしょうか。

経済的な余裕がないと、創造力が刺激されることがあります。どんな問題でも、お金で簡単に解決できると思うと、その他の解決策を探そうとしなくなります。アイルランド人が今ほど豊かでなかった時代は、様々な手工芸が発達していました。料理、棒針編み、クロッシェレース、裁縫、野菜や果物の栽培、織物それに木工。ものが壊れたら修理してまた使いました。より速くより効率的に思える方法を求めた結果、手工芸の技術は衰えてしまったようです。

短期的にみて利益が上がっているようでも、長い目で見れば、実はたいして良くないとわかることもあります。ものを生み出す能力を捨て去ると、魂まで失われてしまいます。心の歯車をスムーズに回すための潤滑油が創造力なのであって、健全な精神を保つには、心がくつろいでいることが大切です。経済的な利益を追い求める人たちのなすがままにさせておくと、私たちが大きな犠牲を払うことになるのです。そういう人たちが大切にしているのは、何よりお金だからです。私には、ある若く聡明な友人がいて、その人は急成長している金融機関で働いていますが、このところ、クリスマスの間も仕事をしています。その人いわく
「金融市場は眠らないからね」

私たちは、マーケットを開催する数か月前に準備を始めました。美しい手工芸品とは、短

期間でできあがるものではありません。教区の人々には時間をかけてもらう必要がありました。自分に創造性があると思うものに、取り組んでもらいたかったのです。ひとりひとりの内に創造力の泉があり、教区中の人々の泉がふつふつと湧き立ち始めていました。自分の特技や技術を使って教会の改修工事の費用を集めよう、みんなそう思ってやる気になっていました。実際、教会は美しいとはいえませんでした。建設されてから長い年月がたち、老朽化していたのです。プロジェクトをやりとげようという気持ちほど、創造的思考を刺激するものはありません。レース編み、クロッシェレース、パッチワーク、木工、タペストリー織り、大工仕事、絵画、編み物など、どんなものが良いかみんなで話し合いました。ニットパターンを教え合い、木工や大工の技術を必要としている人がいないか、尋ね合いました。

私たちは夏の間に教区中の住宅の庭を回り、咲き終わったバラの花びらを集めました。ポプリを作ることにしたのです。木綿の布の上に花びらを並べ、庭に出して日光にさらして乾かします。それから、木工が得意な人が作った木製のうつわ数十個に、太陽の光をいっぱいに浴び、甘い香りを放つ花びらを詰め込みました。セロファンで包んで「イニシャノン産ポプリ」とラベルを貼ったら、素敵なプレゼントのできあがりです。品のいい金色のラベルは、ニューヨークに住むある女性から送られてきたものでした。その人は教区の住民の娘で、見栄えのするものを作るのが得意なのでした。

次はクリスマスキャンドル作りに挑戦することにしました。私たちは、ろうそくを作った経験などほとんどない素人でしたが、美しい写真が満載のキャンドル作りの本を取り寄せ、型とステアリン酸、[2]その他にも必要な道具をそろえました。うまくいくかどうかは、わが家にある大きな蜜蝋のかたまりしだいです。これは、屋根裏に置いた古いトランクの中に入っていました。いとこのコンが、裏庭に巣箱を置いて養蜂をしていた頃の名残でした。

アガ社製レンジの上に、ペグおばさんのものだった、どっしりと重いジャム作り用鍋を置き、中に蜜蝋をいくつも入れました。大きな木のさじで優しくかき回すうちに、ゆっくりとやわらかくなっていきます。しだいに蜜蝋は溶けてかさが少なくなり、ついに鍋には、深い金色の濃厚な液体がたまりました。これで、私たちが作ろうとしている、純正キャンドルのもとができあがりました。それから、鍋にその他の材料を入れます。次に、ろうそく型の中に灯芯を入れ、液体のろうを慎重に注ぎ、灯芯が真ん中にくるよう調整します。それからしばらくそのままにして、ろうの中の空気が出て行くのを待ちます。ろうが落ち着いたら、上部の少しへこんだ部分にろうを足し、てっぺんを平らにします。

たくさん作っていくうちに、だんだんコツがわかってきました。ろうそくを型から外す前に水に浸して冷ます、本にはそう説明されていますが、それよりも、冷蔵庫で数分間冷やす方が、より早く冷めるし汚れなくて済むとわかりました。型を冷凍庫に数分入れておくともっと外しやすくなることが、その後でわかりました。数をこなすうちに作業がうまくなっていき、ついには表面がサテンのようになめらかで、本物の蜂蜜の香りがするキャンドルが五

THE NEW
CANDLE
BOOK
INSPIRATIONAL IDEAS FOR
DISPLAYING, USING AND
MAKING CANDLES

十本ほどできあがったのです。それを、木工の名人が作った木製のろうそく立てにしっかりと立てました。素晴らしい出来栄えで、特にイニシャノンを離れて遠方で暮らしている人に贈るのに、ちょうどよいプレゼントになりました。

春から夏、そして秋へと季節が移り、大勢の人々が出品する品を作っているという噂が教区中に流れていました。それでも、完成した物を持ち寄るまで、いったいどのくらいできているのかわかりません。袋や箱に入れられた、見事な手作りの品々が到着し始めました。だだっ広くて空きスペースがあり、村の中心に位置するわが家が、品物の保管倉庫と決まったからでした。すべてを一か所に集めることで、どんな物がどれだけあるのか把握しやすくなるはずです。

はじめのうち、品物はポツリポツリと到着するだけでしたが、しだいに切れ間のない流れになり、ついには怒濤のように押し寄せてきました。表通りに面した広い部屋、やや狭い「静寂の間」、それに、曲がりくねった廊下いっぱいに袋や箱が並びました。実に見事な眺めです。美しいレースの洗礼用の服、パッチワークのキルト、優美なタペストリー、お手製のランプ、絵画、小さいけれどきちんとしたテーブルまであります。ある日、クリスマスプレゼントを入れる長靴下がたくさん入った箱が持ち込まれました。両側に、飼い葉桶に眠る幼子イエス様のアップリケが施された、美しい靴下でした。新しい物が持ち込まれる度に、私たちは目を見張り、感嘆のあまり声も出ませんでした。品物の完成度の高さが、想像をはる

かに超えていたのです。もうこれで全部だろう、これ以上素晴らしいものはないだろう、そう思うたびに、また別の思わず息をのむような品が持ち込まれるのです。

中でもとりわけ素晴らしいのは、豪華な二枚のタペストリーでした。一枚は、エレガントなワインボトルの周りに美しい色合いの果物が置かれている柄です。これを織った女性は、何十年もタペストリーを織り続けているベテランで、この作品はもう芸術の域に達していました。こんな美しい物に値段がつけられるでしょうか。しかもこの寛大な女性は、教区の住民でもないのに、教会のために作ってくれたのです。タペストリーを見る者はみな溜息をつき、ある女性が「どんなに高くたって買うからね」そう宣言し、その言葉通りにしました。

もう一枚のタペストリーは、花瓶にきれいなバラが生けられている柄で、あるイギリス人の女性が織ったものでした。この女性はうちの教区に越してきたばかりですが、地元の人々がクリスマスマーケットを開くという考えに賛同してくれたのです。美しい物を見分ける目がある女性がこのタペストリーをひと目見て、自分の六人の子どもたちに買ってもらうと言いました。ひとりひとりが別々のプレゼントをくれるだろうから、その資金をプールしてもらい、これを買ってもらうというのでした。

これほどクオリティの高い品々が、すべて教区の人々の手づくりとは信じられないほどでした。実に見事な作品ばかりだったのです。いよいよマーケットの開催を公表するとき、私たちはこう宣伝しました。「安物を売るバーゲンセールではありません。世界にひとつしかない希少品を手に入れる絶好のチャンスです。代々受け継ぐ家宝が見つかるかもしれませんよ」。これを聞きつけた地元のある女性が痛烈に言い放ちました。「そりゃあ二束三文で売るってわけにはいかないわねぇ」。ええ、そうですとも！　素晴らしい品々を作るため、教区の人々が多大なる時間とエネルギーを費やしたのです。できあがった工芸品を安く売り飛ばして、彼らに恥をかかせるわけにはいきません。誰が作ったのかわからない、流れ作業で大量生産された商品ではないのです。作り手が、骨の折れる細かい作業を何時間も続け、品物に愛情を込めたのです。そのものの良さがわかり、大事にしてくれ、きちんと手入れをしてくれる家庭に引き取られるべきなのです。

ようやくマーケットの詳細が決まり、地元のイニシャノンホテルの大会議場で開催されることになりました。村はずれのバンドン川の岸辺に建つ絶好の場所です。開催日は、クリスマス前の土曜と日曜で、人々がちょうどプレゼントを買いに行く時期にしました。

金曜の晩に陳列台を並べておきたかったのですが、できませんでした。その晩ホテルで結婚披露宴があったのです。それで、品物を運び込むのは、土曜の早朝まで待たなくてはなりませんでした。どんちゃん騒ぎをしていた人々が、ようやく寝静まった頃です。商品はすべて分類し、売り場のレイアウトも決め、詳細な計画が立ててありました。会議室が使える時間になったら作業をどのように進めるかも、すでに決めてありました。

土曜の午前四時、地元の自動車修理工場が貸してくれた二台の大きなバンに品物を積み込み、ホテルに向かって出発しました。雨の降っていない、身が引きしまるように寒い朝でした。ホテルに到着し、スタッフの手を借りて会議室の長いテーブルを配置しました。時計のように正確に作業を進め、レイアウトに沿って陳列台を並べていきます。美しい品々がすべて並べられると、壮観な眺めでした。お手製のクリスマスケーキや季節感にあふれる食べ物もあります。イーゼルには油絵が置かれ、洗礼用のレースの服は、大きなぬいぐるみに着せてあります。陳列台には、輝かしい木工細工が並べられ、あらゆる種類の工芸品が置かれました。そういったものをすべて、私たちが作ったのだ、会場はそんな誇りと満足感に包まれていました。

午前十時に会場のドアが開くと、人々がどっと押し寄せてきました。あらかじめ地元の新聞で宣伝していたため、記念になるものを買う良い機会だということで、人々が集まって来たのです。買うか買わないか迷っている暇などありません。決めかねているうちに、思い切りのいい別の客が買っていくかもしれないからです。実際、ある男性はそんな羽目に陥りました。その人は、イエス様生誕の場面を表現した手編みの人形セットに、いたく感動していました。ある編み物名人が、何時間もかけて心を込めて編んだものでした。男性が、他の陳列台に何か良い品がないか見に行って戻ってくると、ある目ざとい教師が、人形セットをしっかり抱え、出口から出ていくところだったのです。ひと目見て、素晴らしいものだとわかったので、幼い教え子たちに見せようと、買って行ったのでした。

当然ではありますが、早く来た人がいちばんいいものを手に入れていました。作り手の多くは陳列台の近くに立っていて、作品が褒められるたびに満足げな表情を浮かべます。作り手は、商品を売ったり、買い物を楽しんだりしながら、技術的な知識や技能について互いに意見を交わす機会を楽しんでいました。よく晴れたさわやかな日だったので、訪れた人々はバンドン川沿いを散歩して楽しんだり、ホテルのダイニングルームで昼食や軽食を取ったりしてから、もう一度マーケットを見て回っていました。

二日目が終わる頃には、陳列台が空になっていました。みんなへとへとに疲れていましたが、満ち足りた気分になっていました。私たちの一年は、クリスマスマーケットの大成功で締めくくられました。教区の人々の創造力が大きなうねりとなって行動を起こしたのです。素晴らしい品物をたくさん作ったことで、作り手の心も豊かになりました。それに、何世代にもわたって喜びをもたらすような美しい品々を、教区の人々に提供することができたのです。

訳注
1　アイリッシュ・クロッシェレースともいう。アイルランド発祥のかぎ針編みのレース。
2　無味、無臭の白色の結晶。ろうそくやせっけんの成分となる。

第九章　オープンハウス

足元で晩秋の落ち葉がサクサク音を立てています。頭上を覆うように茂る枝の下、私たちはブライド・パーク・コテージへ向かって狭い小道を歩いていました。D・J・マーフィが毎年開催するオープンハウスを見学に行くのです。バンドン・ガーデン・センターを経営するこの人物は、豊かな芸術的才能に恵まれています。この時期になると、美しい大邸宅と庭をクリスマス用に飾りつけて一般に開放し、集めたお金を慈善事業に寄付するのです。飾りつけの趣向は毎年異なりますが、どれも息をのむほど美しいのです。そのオープンハウスを眼で観賞し、香りをかぎ、手で触れてクリスマス気分に浸るため、私たちはやって来たのです。

石柱の門まで来て曲がると、私たちの周りに鬱蒼《うっそう》と茂る木々が広がりました。神秘的な雰囲気の漂う、曲線を描いた小道を通っていきます。木々に付けられたライトが薄闇で淡く輝き、高く茂るシダが黒鳥のように葉を広げている様子を照らし出しています。クリスマスローズは、空へ向かって伸ばした葉の下からオフホワイトの花を恥ずかしげにのぞかせています。木々の向こうでは聖歌隊の人々がこちらを見ていました。女性はマントを着て、男性はシルクハットをかぶっています。あたり一面が謎めいていて、夢のように不思議な冬の世界になっていました。

小道をいくつも曲がると、切り妻のある外壁にあいた細長い窓が見えてきました。雪が積もったように飾られた窓辺にキャンドルが輝いています。一八二八年にパトリック・ロネイン・クラバーンがこの家で生まれました。後にこの人物は、米国の南北戦争時代に南部連邦の少将を務めることになります。この人物の幼少時代を調査するため、アメリカの歴史研究家たちがたびたびやって来ていました。古風で一風変わった趣きがあり、雰囲気たっぷりの邸宅でした。廊下は狭く大きな暖炉がいくつもあり、美しい品々を収集するのが好きなD・Jが、アンティークの家具をしつらえていました。

素焼きの陶製タイルが敷き詰められた小さな張り出しポーチまで来て、私たちは歩みを止めました。玄関のドアのステンドグラスが、内側のキャンドルに照らされて優しい光を放っています。母屋のドアを開けると、暖かくかぐわしい空気がふわりと流れ出てきました。長い廊下の突き当りにある左右の部屋で、暖炉の薪がパチパチと燃えているのが見えます。ヴィクトリア朝にしつらえた部屋へ引き寄せられるようにして入ると、燃え盛る暖炉の上に掲げられた大きな鏡にはシャンデリアが映り、金で縁どられたカットクリスタルがまばゆい光

を放っていました。ふくよかな胸の谷間を見せた美しい女性や軍服を着た紳士の肖像画が、金箔を施した額に入れられ、壁を飾っていました。

部屋の中にはヴィクトリア朝のゆったりとした空気が漂っていて、すべてを隅々まで堪能するには、たっぷりと時間をかける必要がありました。小型のグランドピアノの上には、イエス様降誕の様子を再現した人形セットが飾られていて、そのうっとりするほどの美しさに、思わず足が止まりました。奥行きのある張り出し窓のスペースには、天井まで届くツリーが置かれ、ツリーの灯りが後ろの窓ガラスに映っています。その先のドアから出ると、ガラス張りの温室になっていて、エレガントなフラワースタンドに置かれたクリスマスの花々が咲き乱れています。まるで本物の雪をかぶったような丘もあり、そこにいる本物そっくりなホッキョクグマとトナカイが私たちを見つめていました。

廊下に沿っていくとキャンドルの灯りに照らされた部屋があり、晩餐用に整えられた長いテーブルが置かれていました。その上には、見事な刺繍を施したナプキン、それに紋章が型押しされた食器が一式並んでいます。サイドボードには、枝つき燭台に立てられたキャンドルと豪華なごちそうがありました。雪のように綿が置かれた窓辺は細部にまでこだわって美しく飾られ、そこにキャンドルが置かれています。暖炉の火がパチパチと音をたて、坐り心地の良さそうな赤いベルベットの椅子がこう誘ってきます。ちょっと休んで、この古式ゆかしいクリスマスの世界にしばし身をまかせてみません？　そしてまた、エレガントな長いソ

ファーもあり、どんな女性が横たわっていたのか、想像を掻き立てられるのでした。

見学者はみな感動し、小声で感想を述べ合ったり、気に入ったものを指し示したりしていました。相手が友人であろうが赤の他人であろうが、自分が気に入った設《しつら》えの細部まで見てもらいたいのです。ひとつでも見逃せば、クリスマスの歴史を語る書物の大事なページを飛ばしたような気分になります。そのうち私たちは、薄明かりに照らされた細長い廊下に出ました。壁には素晴らしい絵画が何枚も掲げられており、ずっと眺めていたい気持ちになりました。

とうとう突き当たりまで来て、残念な気持ちを引きずりながらどっしりと重い木製のドアを開けると、急に、輝くような明るい光に包まれました。そこは暖かく心地のよい大きな台所で、人々がおしゃべりしながらお茶を飲み、温ワインのグラスを傾け、ミンスパイをつまんでいました。大きな台所はこの家の中心で、皿が並ぶ食器棚があり、いくつかあるテーブルにはシナモンなどのスパイスの香り漂うごちそうが置かれています。このオープンハウスは、慈善事業の資金集めという目的で毎年開催されるため、ボランティアの人々が調理し、パンを焼き、食事を出しているのでした。ゆったりと坐り心地の良い椅子やゆるやかなリクライニングチェアに腰かけて、薪がパチパチ燃える大きな暖炉の前で、食事をすることができます。古くからの友人と思いがけず顔を合わせ、飾りつけのいろいろな点について感想を述べ合ったり、クリスマスの予定を話したりしてみんな楽しく過ごし、互いに挨拶《あいさつ》を交わし

て別れるのでした。

暖かく心地良いこの家から、外の冷たい空気の中へ出るのは気が進みません。それでも、庭園の向こう側に明るくまたたく納屋の窓に吸い寄せられるように歩いていきました。木々につるされた天使のオーナメントと星の飾りが輝いて、古びた石造りの建物のドアへと導いてくれます。途中には、完璧に手入れされた様々な植物や、真っ赤なポインセチアが並んでいて、目を楽しませてくれました。すると突然、木々のあいだから音楽が聞こえてきました。暖かそうなコートに赤い帽子というでたちの若い聖歌隊のメンバーが現われ、夜空に『きよしこの夜』の歌を響かせたのです。私たちは寒さを忘れ、この素晴らしい瞬間を堪能しました。

それから、上部が弓形になったオーク材のドアの前に到着しました。天井の垂木がむき出しの納屋の中では、大きな調理用暖炉で火が燃え、旧式の鍋から湯気が立っています。その夜、馬車置き場を改造したこの納屋はおとぎの国に変わり、魅惑的なクリスマスのオーナメントがたくさん売られていました。どれを買わずに済ませるか、ずいぶん頭を悩ませました。D・Jに、クリスマス用の飾りを見立てるセンスがあることは間違いありません。誘惑には打ち勝ったものの、私たちは「必須アイテム」がぎっしり詰まった紙袋を手に、そこを後にすることになりました。でもね、いいのです。クリスマスですから。ブライド・パーク・コテージの誘惑には、あのスクルージでさえ負けてしまうのではないかしら。

Cadbury
Roses
HEROES
Cadbury
5073490
12 pcs

第十章　飾りを納める戸棚

春、夏、秋のあいだ、そして冬のはじめまで、わが家のクリスマスは、台所の後ろの廊下にある戸棚の中で眠っています。戸棚のいちばん上の段には長い箱がふたつ置いてあり、それぞれに堂々たる風貌のサンタクロースが入っているのです。うちの店[1]の飾りをより現代的なものに変えることにしたとき、それまで飾っていたこのふたりが不要になってしまいました。不名誉な失業状態におちいり、ゴミとして捨てられそうだったのを、私がもらい受けたのです。ふたりはもう何年も、私に感謝の気持ちを表してくれています。赤いマントを身に付け、いかめしい杖を手にしたふたりは、毎年クリスマスになると玄関で警備の任務に付き、不審者が侵入してこないよう目を光らせているのです。

ふたりの威厳に満ちたサンタと共に暮らしているのは、大柄で血色の良い顔をした華やかなサンタクロースで、姉からもらったものです。この姉は、クリスマスはできるだけ派手で大げさに祝うのがいい、そう思っているのです。金ぴかの上着を得意げに身にまとい、ズボンは大きな太鼓腹の上にこれ以上伸びないくらい引っぱり上げられています。派手な帽子を気取ってかぶり、その下にあるおどけた目が、陽気な音楽に合わせてクルクル動きます。下品な悪趣味を形にしたようなサンタで、クリスマスの飾りとしては最悪ですが、彼を見ると誰もが笑顔になるのです。クリスマスの時期になると、このサンタは台所の食器棚の上にひょいと飛び乗ります。いたずらっぽい笑みを浮かべて、下で繰り広げられるあらゆることを高い位置から見下ろしています。このサンタのどぎつい威圧感から逃れるには、ある程度離れていなくてはなりません。そういうわけで高いところに置いておくのですが、それで少しはけばけばしさが和らぎます。

　戸棚のいちばん上の段には、三人のサンタの間に、よれよれの柔らかい雪だるまが置いてあります。長年きゅうくつな片隅に押しやられているせいで、そうなってしまいました。輝くほどの白さは薄汚れた灰色に変わり、昇天する日もそう遠くはないようです。その下の段には、うちのクリスマスの飾りの中でいちばん大事にしている、イエス様の馬小屋の飾り[2]があります。もっと正確にいうなら、わが家の飾りの中心となる馬小屋飾りです。実は馬小屋の飾りは、全部で五セットあるのです。そんなにたくさんあるの、と読者のみなさんは思われるでしょう。自分でもそう思います。それでも、自分で買い集めたのではなく、ひとつひとつがいろいろな経緯をたどって私のもとに来たのです。

　わが家の中心となるイエス様の馬小屋飾りは、一九六一年に私が初めてイニシャノンでク

SEASONS GREETINGS
NEWBRIDGE silverware
Trees
Balls

リスマスを迎えるとき、自分で買ったものです。この飾りは、私と一緒に何十回もクリスマスを過ごしてきて、少々くたびれていました。ペグおばさんとジャッキーおじさんが亡くなった後、この夫婦の馬小屋を私が受け継ぎ、私のものと合わせてひとつにしました。ふたつを組み合わせた馬小屋飾りには、別のいろいろなセットからもパーツを取り入れてあります。普段は、バナナが入っていた箱に入れてありますが、クリスマスになると取り出して、廊下の突き当りの飾り棚《クレデンサ》に置くのです。

かつてスライゴーを訪れたとき、たまたま入った店が、肉屋から木彫り師に転身して成功したマイケル・クワークの店でした。そこで幼子イエス様の聖像だけを求め、聖家族の他の方々はのちに買い揃えました。ずっしりと重いこのご像は、表の通りを歩く子どもたちに見えるように、「静寂の間」の窓辺に置くことにしています。

そしてあるとき、何の前触れもなく、別のイエス様の馬小屋飾りが、わが家にやって来たのです。娘が十八歳になったとき、実家の姉が自宅にあるものを私の娘にプレゼントしてくれたのでした。その昔、実家の田舎家に置くために私が初任給で買ったものでした。十七シリング六ペンスもする、高い買い物でした。安物だと思われるかもしれませんが、当時の私の給料が二ポンド一〇シリング[3]でしたから、給料のほぼ三分の一の金額だったことになります。驚いたことに、あれから何十年もたっているというのにきれいな状態で、もともと入っていた箱に入れられていました。

何十年ものちに私の手元に戻って来たその馬小屋飾りを、私は驚いて見つめましたが、姉がこれほどにも丁寧に扱ってくれていたことを本当に嬉しく思いました。現在、娘の家には幼い子どもがいるので、この飾りは私の自宅に置いたままにしてあります。わが家の方が安全だと思うのです。これが第三のイエス様の馬小屋です。テレビを隠す戸棚の上に置きます。(うちのテレビは、スイッチが切られているときは、戸棚のドアの内側でじっと静かにしているのです)。この小さな陶器の飾りには、この位置が理想的だと思っています。

第四の馬小屋は、実際には馬小屋飾りと呼べるほどのものではありません。息子が木工の授業で作ったもので、聖像はなく飼葉桶だけです。それでもクリスマスになると、そこにちょっと大きすぎる幼子イエス様のご像を置きます。このご像は、デュリシェーン修道院で先生をしていたシスター・エトゥナが、何年も前に作ってくれたものです。私が修道院でお世話になった何年も後に、この人は、私たちの教区にあるセントパトリック・アプトン教会に引っ越してきました。そして、特別な支援を必要としている人たちの世話をしてくれたのです。私はシスターの中でも、いろいろなことを教えてくれるこの人が大好きでした。大変貴重な教えであったことが、ずいぶん後になってからよくわかりました。だから、彼女からもらった幼子イエス様のご像は特別なものなのです。特別な幼子イエス様を寝かせた大切な飼葉桶は、クリスマスツリーの下に置きます。

そしてもうひとつ、大切な友人からもらった小さな馬小屋飾りがあります。これは壊れや

すいため、ブリキの箱に入れて保管しなくてはなりません。薄い木の板でできているのです。それにひっくり返りやすいので、慎重に据え付けなくてはなりません。ペグおばさんのサイドボードの上に置いたカットクリスタルのケーキスタンドの上に置くことにして、そうすると繊細な姿がクリスタルに美しく映えます。イエス様の馬小屋は、バナナが入っていた箱にひとつずつ丁寧に入れてあり、クリスマス飾り用の戸棚のまるまる一段を占領しています。

実は、もうひとつ馬小屋飾りがあるはずなのです。ボール紙製の小さなもので、私たちきょうだいが子どもの頃、二シリングで買ったものです。繊細で壊れやすいため、大事にしまっておきました。でも、あまり念入りに片づけすぎたため、どこに置いたのか思い出すことができないのです。

イエス様の馬小屋の下の段には、わが家の部屋用の飾りが箱に入れられています。クリスマスツリーのライトを入れてある箱、その他のいろいろなこまごましたツリー用の飾りが入っている箱。「静寂の間」用の飾りを入れた箱には、炉棚の上に掲げる飾りが入っていて、その中には、小さな色とりどりのプレゼントボックスがいくつもひもでつながったオーナメントがあります。これは何年も前に姉とクリスマスの買い出しに出かけた際に買ったものです。それから、玄関用の飾りを入れた箱、台所用飾りの箱、通りに面した部屋用の飾りの箱があります。布の飾りを入れてある箱には、聖家族を描いた豪華なキルティングのバナーも入っています。コープ・ファンデーション[4]の人たちが作ったもので、このバナーは玄関のド

アの内側を美しく飾ってくれます。そしてもう一枚、美しいバナーがあり、そこにはサンタの服装をした大きなテディベアが刺繍されています。これは何年も前に、セントパトリック・アプトン教会のシスターたちが、工房を構えていたシスター・アトラクタの指導の下で作ったものです。シスターたちはもう天に召されていますが、彼女たちの美しい手作りの品が手元に残っていることを嬉しく思います。クリスマスのあらゆるものが入った箱は、古い戸棚の中で静かにしています。そしてクリスマスになると戸棚の扉が開き、中の飾りが一斉に外へ出てくるのです。まるで他国へ移住したアイルランド人が故郷へ戻って来るように、飾りはいつもの飾り場所にぴったり収まるのでした。

訳注

1　著者は夫と共に、村でたったひとつの食料雑貨店を営んでいた。

2　イエス・キリストの生誕場面を再現する人形飾り。ヨーロッパでは、クリスマスになると多くの教会に置かれる。自宅に飾るカトリック信徒もいる。

3　二〇〇二年までアイルランドで使用されていた通貨の単位。一ポンドは二〇シリング。一シリングは一二ペンス。現在アイルランドでは、ほかのEU諸国と同様、ユーロが使用されている。

4　アイルランドの非営利団体。障碍《しょうがい》を持つ子どもたちを支援している。

第十一章　飾りつけ

アイルランドの伝統を大切にしていた祖母は、クリスマスツリーは外国から来たものだからと、さほど興味を示しませんでした。ケルト文化には根付いていないと私たちに言い聞かせ、自宅に飾ることもありませんでした。その代わり、大きな白いクリスマスキャンドルを窓辺に飾り、窓全体にヒイラギと蔦の葉をあしらったので、窓辺はクリスマスの魔法がかけられたように美しく輝いていました。

それはつまり、私の母はクリスマスツリーを飾ることのない家で育ったということで、私が幼い頃、実家にもツリーはありませんでした。とはいえ、近所のどの家にもツリーなどなかったのです。子どもたちが森からヒイラギの枝を折り、家まで引きずってきたり、昔の砦跡や家の近くの木立に生えている古い蔦のつるをもぎ取ってきたりしていました。そしてたくさんの葉っぱで台所を飾りつけたのです。天井から下がる肉用のフックに蔦を下げ、壁に掛けられているすべての絵の後ろにヒイラギの枝を差し込んで、美しく飾るというよりは、楽しくてやっていたのでした。

母は、ヒイラギの枝を束にして私たちに持たせ、近所の家に行かせました。ヒイラギ集めをして、牧場を引きずってくる子どもがいない家もあり、そういう家庭に届けさせたのです。高齢の隣人宅へヒイラギの枝を配達すると、ご褒美にその家の飾りつけをさせてくれました。そこでは、好みの合わない姉もいないし、好きなようにできたので大喜びでした。

ある年のクリスマスのことです。いちばん上の姉が、クリスマスに必要なものは必ず手に入れるという意気込みで、ツリーにちょうど良い木を求めて農場中を探し回っていました。そして、父と衝突することになってしまいました。ときどき木を植えていた父は、伐採などとんでもないと考えていたからです。ふたりは長い言い争いをし、私たち姉妹は、新しい試みに挑戦する姉の肩を持ちました。そして「神よ、娘を五人も持つこの男を憐れみたまえ」という父のいつもの嘆きの言葉が聞こえ、ついに父が、娘たちの圧力に屈したのです。双方の妥協が成立し、父が若い頃植えた松の木の大枝を一本剪伐することで話がつきました。父は自分で剪定すると言い張りました。油断のならない娘たちに、自分の木を傷物にされたくなかったのです。だから、枝の太さや長さについて娘たちの要望を聞きはしたものの、その通りに剪定することはありませんでした。

台所の小さなテーブルの上に、ツリーに見立てた枝が立ちました。ふだんこのテーブルは、別の大きな食卓がふさがっているときに使っていました。いつもなら、井戸水を入れたほう

ろうのバケツと、家族が毎日飲むためのしぼりたての牛乳を入れたバケツが置いてありました。子どもたちが宿題をするための勉強机にもなり、母が縫い物をするときはミシン台にもなりました。それがクリスマスの間は、あらゆる活動が中止になるため、普段は客間を本拠地としている蓄音機を乗せる台となります。その上、ツリーも、いいえ、大枝も乗せているのでした。

クリスマスの大枝はバランスが悪く、そのままでは真っ直ぐ立たなかったので、後ろを壁に寄りかからせなくてはなりませんでした。それで、掛け時計の隣の壁にもたせかけてありましたが、そのせいで大枝は常に父の鋭い視線を浴びることになりました。枝が壁に沿って滑り、こよなく大切にしている掛け時計に当たってしまうのではないか、父はそう思ったのです。父はこの時計が、グリニッジ標準時にぴったり合うよう、毎日欠かさずラジオの英国放送で確認していました。経験の浅いアイルランド国営放送は信用できないと考えていたのです。ツリーの飾りつけが終わってしまえば、掛け時計が危険にさらされることはもうない、みなさんはそう思われるかもしれません。ところが、そういうわけにはいかなかったのです。というのも、娘たちの飾りつけは常に進行している状態で、満足のいくように完成することはないからでした。ただし、飾りつけとはいっても、ぶら下げるものは風船とクリスマスカードだけでした。でもそんなことで、私たちのやる気がそがれることはありません。着色豆《フェアリー》電球《ライト》がアイルランドの田舎で輝き始めるのはもっと後になってからのことなので、私たちが知っているフェアリーは、自宅の裏にある妖精の砦《フェアリーフォート》に住む妖精《フェアリー》だけでした。また、私たち五人姉妹は「あなたにできることなら、私はもっとうまくできる」とあの歌[1]のように競って飾りつけをしました。キラキラした金銀のモールを使うようになると、わが家のツリーが明るく輝きました。その頃には、うちでも本物の木を床に置いて飾るようになっていて、ツリーは階段下の片隅に心地良く納まっていました。

　子どものころ実家では、どういうわけかイエス様の馬小屋飾りが主役になることはありませんでした。ただし、ボール紙製の小さなイエス様の馬小屋だけは大事にしていました。というのも、私たちきょうだいが、お金をやりくりしてやっとこれを買ったからです。なんといっても私たちのいちばんの注目の的は、教会の奥に設置される、等身大のイエス様の馬小屋でした。うちの周りの丘には羊が点々と散らばり、身近な馬小屋や牛舎にも動物がいっぱいでしたから、ベツレヘムでイエス様が誕生したときの情景は容易に想像できました。

　結婚してイニシャノンに移り住んでからは、森へクリスマスツリーを探しに行くことはありませんでした。クリスマスの前の週になると、郵便配達夫のチャーリーが、ツリーを一本うちの塀に立てかけておいてくれるからです。この気前のいい隣人は、天国のクリスマスランドへ行ってしまうまで、長年の間ツリーを届け続けてくれました。そのあと数年は、ガーデンセンターでツリーを求めていましたが、しばらくすると、地元で農業を営むジョンが、クリスマスツリーの販売を始めました。

十二月に入ると、ジョンの広大な農場は様々な種類の木でいっぱいになります。教区中の家庭のクリスマスツリーをまかなっているのです。良い木を手に入れるには、誰よりも先に行かなくてはなりません。私はツリーを選ぶのが大好きですが、ジョンとスタッフたちは本当に我慢強く付き合ってくれます。並べてある列から、何度も何度も木を引きずってきて、回転させてあらゆる角度から見せてくれるのです。私は少々優柔不断なので、木を選ぶのにかなり時間がかかります。それでも彼らは忍耐強く応対してくれるので、いつも満足して自宅へ戻ることができます。そして、指定した時間に配達してくれ、通りに面した部屋のいつもの場所に立ててくれるのです。おまけに、ちょうどいい具合にはさみで形を整えてくれて、枯れないように水を張ったたらいの中に根元を浸けるところまでしてくれます。ツリーは窓と窓の間に優雅にすっと立ち、飾りつけされるのを待っているように見えました。

自宅全体をクリスマス用に飾りつけるとき、正面玄関から始めると良いと思われるでしょう。玄関は、ものごとの始まりを象徴する場所ですから。ところがそこからは始めません。私は、わが家の真ん中にある「静寂の間」から飾り始めるのです。そこが冬用の部屋だからかもしれません。暖炉に火を灯すと、この部屋がわが家の中心になります。クリスマスは冬の中心です。

クリスマスがなければ、冬を乗り越えるのはつらく苦しいことでしょう。クリスマスは、寒さの厳しいこの季節、灰色で冷え冷えとして味気ない日々をなんとか乗り切るための希望の光なのです。準備に気持ちを集中させていると、クリスマスは灯台のように暗闇に明るさをもたらし、波立つ水面の上を導いてくれます。伝道の書[2]には賢明にも「すべての営みにはときがある」と書かれていますが、クリスマスにふさわしいときは間違いなく冬なのです。だから、イエス様の降誕の話を信じない人々でさえ、魔法にかかってしまうのかもしれません。外の寒さを忘れ、暖炉の火でゆっくり暖まるには、もっともな理由が必要なのです。

さて「静寂の間」の飾りつけは、まず暖炉から始めます。炉棚の上は、いろいろな飾りをぶら下げたり置いたりするのにうってつけです。横長の布飾りを棚に渡す前に、まず炉棚のてっぺんにヒイラギの枝を何本かあしらいます。垂れさがる枝が、両脇の壁にある絵の額縁に掛かる程度に広げます。両側の絵は祖母と孫娘のふたりのレナの肖像画で、地元の画家ジェリー・ラーキンに描いてもらいました。うちの家族全員がクリスマスが大好きなのは、おばあちゃんレナの影響を受けているためです。

ここであの、小さな色とりどりのプレゼントボックスをひもでつないだ飾りを取り出して、炉棚の突き出た部分やカーブに沿って這わせていきます。それから、どこで買ったのか思い出せないほど前に買った既製品のリースを掲げます。リースだけは毎年同じ位置に掲げることにしていて、他のこまごましたものは、良さそうな場所を選びながら飾っていきます。ふたりのふくよかなサンタクロースは、よく目立つ棚板に坐らせるようにしていて、その他の動物たちにも、ひとつひとつ落ち着く場所を見つけてやります。いろいろ考えたり位置を微調整したりしながら、ようやく満足のいく状態にできあがります。絵を描いたり花を活けたりするのが好きな人なら、クリスマスの飾りつけも楽しめると思います。

部屋には絵が何枚か掛けてありますが、その額縁の上にヒイラギを差し込んで飾ります。私の実家を描いた絵は特に念入りに仕上げます。この油絵は、ドアから入って正面にあるデスクの上の壁に掛けてあります。このデスクは、上部に巻き込み式のふたがついているタイプですが、何年も前に古道具屋で購入したときは、黒い塗装があちこちはげていました。ところどころはげた塗装を、血と汗と涙を流すほどの大変な努力できれいにはがすと、その下は温かいはちみつ色のオーク材でした。それ以来長い間、デスクは私の役に立っています。はじめの頃は家計簿をつけるのに使っていましたが、近ごろでは、ここで手紙を書くのが楽しみです。そう、私は今も手紙という通信手段を使う、時代遅れの人間なのです。

デスクの上の油絵は私が描いたもので、実家の情景をうまく表現したつもりです。これで、実家をこの部屋に連れてくることができました。傑作とはいえませんが、愛情がたっぷり込められています。デスクを求めた古道具屋で、金色に塗られた古い額縁を見つけて買いました。すると、手袋が手になじむように、額縁は油絵にぴったり合いました。

クリスマスを飾るあらゆる思い出の品が、部屋にあるデスクや本棚の上の安住の地にたどり着くと、ついに箱の中は空になります。この部屋ですることはあとひとつ、窓辺に木製のイエス様の馬小屋飾りを置くだけです。でもこれは、もう少しクリスマスが近くなってから

にしましょう。

次に、玄関に取り掛ります。裏のポーチからヒイラギの束を持って来て玄関の真ん中に置き、クリスマス飾りを置いた戸棚から、箱をふたつ運んできます。まず、布の飾りを入れてある箱から、美しい色彩の聖家族のバナーを取り出し、玄関のドアの内側に掲げます。十二年ほど前、姪のエイリーンからこのバナーをもらって以来、毎年そこがこの飾りの定位置になっているのです。コープ・ファンデーションが活動資金を調達するためにクリスマスマーケットを開催し、そこでエイリーンはこのバナーを買ったそうです。

玄関ホールに置いてある小さなふたつのテーブルは、真っ赤なテーブルクロスで覆います。ちょっとやりすぎでしょうか？　きっとそうですね。でも、クリスマスですから、すべて許してもらいましょう。このテーブルには、私の大好きなクリスマスの思い出の品を置きます。いちばんのお気に入りは、茶色いベルベットのコートを羽織り、クリスマスキャロルを歌う姿の小さな人形です。まるでヴィクトリア朝のクリスマスカードから抜け出て来たようなのです。すぐそばの壁には、フレームに派手な装飾を施した鏡が立てかけてあります。以前は壁に掛けてあったのが、数年前床にすとんと落ち、それでも幸い割れませんでした。同じ位置にしっかりと掛け直そうとしたところ、「インテリアのことならあなたより詳しいわよ」と豪語する友人に、床に置いたままにするようにと助言されました。今どきのインテリア業界ではそういう置き方もしているから、と言うのです。「今もなお、私は学び続けている」

PEACE ON EARTH

こう言ったミケランジェロと同じ気持ちになりました。

廊下に並ぶ数枚の絵画にも、ヒイラギや赤いリボンをあしらい、ところどころにコマドリをちょこんと乗せます。ついでに台所に立ち寄ると、二台の食器棚が、飾ってほしいと言わんばかりの素振りを見せています。どちらの棚の上にも、クリスマスカードが何枚も、ぶらさがるように飾ってあり、様々なクリスマスの風景を見せてくれていました。その上に真っ赤な実をたくさんつけたヒイラギの枝を美しく飾ります。あるとき手芸用品店で、小さな洗濯バサミがいくつもひもでつながっているものを買いました。クリスマスカードをぶらさげるのにうってつけで、窓の内側に掲げれば目隠しにもなります。食器棚の上に、あの太りぎのチアリーダーみたいな派手なサンタクロースを置くと、彼は高い位置から私に笑顔を向けました。それから、葉が取れたヒイラギを手に、勝手口からポーチに出ます。それを手際よく小さく切ってバスケットの中に入れ、「静寂の間」に持っていきます。暖炉の火を起こすとき、焚きつけにするのにちょうど良いのです。そのあと、家じゅうに散らばった空箱を集めて回り、クリスマス飾り用の戸棚の中へ片づけます。

その頃になると、身体じゅうの関節が悲鳴を上げ始めますが、「ねばり根性」の精神で掃除機を取り出し、家じゅうを掃除します。「ねばり根性」なんて言葉、どんな辞書にも載っていません。昔、学校で洗濯の仕方を教えてくれた、おばあさんのシスターが作った言葉だからです。アイロンがけの技を披露しながら、シスターは声を大にして言いました。「いま

取り組んでいる作業を、ねばり強く、根性でやり遂げる、どんな仕事でも成功させるコツは、これですからね」。そして、すべての仕事を終えた私は、台所に戻ってやかんを火にかけると、ソファーにどさりと身を沈めるのでした。

訳注

1 映画『アニーよ銃をとれ』で主人公のアニーが歌う『あなたに出来ることなら』。

2 旧約聖書の中の一書。紀元前三世紀ころ成立したと推定されている。

第十二章　コケ集め

クリスマス前の日曜日の夕方、あたりが薄暗くなりかけた頃、私はキャンバス地のバッグを小脇に抱え、ドロームキーンの森へ向かいました。はっきりとした理由があるわけではありませんが、森の中でバッグにコケを詰め込んでいるところを、誰にも見られたくないのです。コケの無断採集を禁じるＥＵの指示文書が存在するかも、そんな不安が心のどこかにあるのかもしれません。

ドロームキーンの森は、私たちの村を見渡す丘の上に広がっています。わが家の通りに面した窓からこの森の木々が見え、それが季節の移り変わりを知らせてくれます。森が若葉色の繊細なベールに包まれるようになると、春が近いという知らせでした。木々の葉は、しだいに様々な夏の色に深まっていき、秋には豊かな極彩色に変わります。それがまた、冬になるとくすんだ灰色や茶色に色あせていくのです。森は季節ごとに魔法のような装いを見せてくれます。

長いあいだ四季を通じて、私はこの森の小道を歩き、坂道を上るのを楽しんできました。けれどもこの十二月は、卑しい動機から森へ入ります。コケを求めて、木々の生い茂る斜面に侵入するのです。暮れゆく太陽の光に照らされた森には、どこか神秘的な雰囲気が漂っていました。こんもりと生い茂る木々が怪しげな形に見え、影になった木々の幹の間から、下の谷間を流れる暗い川がのぞいています。川の水面は古い塔の姿を映し、さらに、向こう岸にあるアイルランド聖公会の教会の尖塔と、丘にそびえるセントメアリー教会の尖塔も映していました。

足元の枯葉をザクザク踏み鳴らして小道を歩きながら、私の手は、すぐ横にある、シダに覆われた高い斜面を探っていきます。ほとんどのシダは、湿っぽい冬の天候に抵抗するのをあきらめて、葉をたたんで冬の眠りに入っていました。けれどもシダの下やまわりには、じっとりと湿った土の上にコケが青々とはびこっているのです。私は手で探りながら、感触を頼りにコケの厚さの見当をつけます。分厚いのか、それとも斜面を薄く覆っているだけなのか。しっとりと分厚いところがあるとゆっくりと斜面から引きはがし、大きなやわらかい塊のままバッグにするりと入れます。厚ぼったいコケに覆われた倒木もあり、そういうものは難なくはがすことができました。

バッグは、丸くたたんだコケの大きな塊ではちきれそうなのに、まだ軽いままです。その頃には、私は森の奥深くに入っていました。木々の間からゆっくりと暗闇が迫ってきます。

そろそろ、失敬したものをしっかり抱えて家に帰る時間です。自然は私たちに惜しみなく恵みを与えてくれますから、自宅近くに森があるということは、大変豊かな恵みがもたらされているということです。くねくねと曲がる小道を這い降りていると、鮮やかな色の妖精のドア[1]がいくつか目に入ってきました。子どもたちはさぞ胸を高鳴らせたことでしょう。ドアのすぐ前に、妖精に宛てた小さな手紙が置かれているのも見えます。クリスマスの時期になると、たくさんの子どもたちがドアの様子を確認しにやって来るのです。

自宅に戻った私は、すぐにでもコケを取り出したくてたまりません。幼子イエス様の馬小屋に敷いたらどんな感じになるか、確かめたかったのです。コケを使うのは今年が初めてです。これまでは、わらを敷いていましたから。クリスマス用の飾りつけを見学するため、一週間前にヘイフィールド・マナーハウスを訪れ、そこでコケを使うという方法を見てきたのです。毎年このホテルは、クリスマスの飾りつけに力を注いでいます。玄関ホールに見事なイエス様の馬小屋飾りが置かれていて、そこにコケが美しくあしらわれていたのです。高級ホテルでは、美味しい食事や雰囲気を楽しむだけでなく、洗練されたアイデアを拝借することもできるのですよ。

わが家の飾りの中心としている幼子イエス様の馬小屋は、玄関から入ると突き当りにでんと構えている飾り棚の上に置きます。この棚は、何年も前に古道具屋で買ったものです。ただの古道具屋なのか骨董品を扱う店なのか、わからないような店でした。店に入ってみても、古道具屋なのかアンティークショップなのか、わからないことがありますよね。そんなときは品物の値段が手掛かりになるかもしれません。古道具屋の方が、安くて良い品が見つかる確率が高いようです。それに加えて、楽しみの半分は、古道具屋のいろいろなガラクタをじっくりと見て歩くことでしょう。私はその店で、小ぶりなマホガニーの棚に遭遇しました。観音開きの扉二枚に鏡がはめられ、大理石の天板が、鏡を張ったヘッドボードに映っています。めったに見かけない形なので、どんな用途に使うのかわかりませんでした。店の人に尋ねると、「飾り棚《クレデンサ》ですよ」と答えが返ってきたのです。

「クレデンサって?」私はとまどってしまいました。

「昔は、高貴な身分の方々が食事をするとき、敵と手を組んだ使用人に毒殺される可能性があったのですよ。それで、毒が含まれていないことを確認するため、食べ物をテーブルに運ぶ前にまずクレデンサに置いて、食べても大丈夫か使用人が毒見をしたというわけです」

古道具屋でこんなことが学べるなんて驚きです。当時、お屋敷で働くためには、信用に値する人間だということをいろいろな方法で証明してみせなくてはならなかったのですね。さて、しばらく値段を交渉した後、毒見をすることもなく、光栄にも、私はこのクレデンサの持ち主となったのです。クレデンサはわが家の廊下に収まり、私は中に食器を詰め込みました。そして年に一度、イエス様の馬小屋飾りを置く台となるのです。貴族の晩餐に使われるのとは大違いですが、それでも、クレデンサは貴族的なたたずまいを残しています。

その幼子イエス様の後ろに、色が抜けて白くなった、変わった形の流木を置いて馬小屋に見立てています。何年も前にケリー県のバリーブニオンの海岸で拾ったものです。不思議な形が目に留まり、何マイルもある海岸を数人で引きずってきました。海水がしみ込んでどっしりと重かったのですが、私はその秘められた可能性に魅了され、あきらめることなく引きずり続けて、子どもたちを困らせたのでした。子どもたちがこの流木の美しさに気づいたのは、それから何年もたってからでしたから。流木は夏の間を庭で過ごしていますが、クリスマスになると家の中に入ってきて、イエス様の誕生を祝う飾りを囲うちょうど良い馬小屋となるのです。洞窟のようにアーチを描いていて、枝が鍾乳石のように空へ向かって突き出ています。鍾乳石のひとつは、ベツレヘムの星を飾るのに格好の形をしています。

この流木は、重くて扱いにくい代物です。クレデンサの上に無事に置くことができるまでは大変気を遣います。ふうふう息を切らせながら、ようやく目的を達成するのです。それから、ぐらぐらしないよう位置を調節します。すでにマリア様もヨセフ様も、神聖な頭を悩ませていらっしゃるというのに、イエス様がご誕生なさろうという最中に、屋根が崩壊して頭上に落ちてくるなんて、とんでもないことですから。

馬小屋が安定すると、次はコケを広げます。バッグの中から、まるで高級カーペットのようにに丸めたやわらかなコケを取り出し、馬小屋の床に敷きつめていきます。馬小屋の外の庭と屋根の上、それに周りの山々にもコケを置きました。コケには不思議な力があり、クレデ

ンサの上と流木を私のイメージどおりのベツレヘムに変身させました。コケを敷きつめた上に、古びた流木の白い突起部分がそそり立っているのが、青々と草が茂る谷間に雪山がそびえ立っているように見えます。

海の底から引き上げられた古い流木は、いにしえの風を運んでくれます。深い海の底で渦巻く水が、カーブを描くような老木の輪郭を作り、そのあと岸へと運び打ち上げたのです。今や新しい居場所に納まった流木は、遠い昔の物語を語ってくれます。そしてまた、コケは森の静けさをもたらしてくれます。馬小屋飾りは、じいっと静かに待っています。もうすぐ高貴な身分の方々[2]がやって来られるのです。

馬小屋飾りの上の壁には、実家の農場にある石造りの古い牛舎の油絵が掛けてあります。亜鉛めっきのさびた戸が付いていて、細い切れ込み形の窓が並ぶ、昔ながらの農家によくある建物です。昔から大好きなこの古い牛舎を、キャンバスに描くのは本当に楽しいことでした。この絵が完成したとき、それを見たアルバート修道士が言いました。「素晴らしいできだね」。辛抱強い聖人のようなこの人は、以前から、絵を描くようにと私に勧めてくれていました。

「この古い牛舎が大好きなものですから」私は答えました。

「そういう気持ちは、絵に現れるものですよ」修道士はにっこりしました。

油絵とイエス様の馬小屋は、別の時代の物語を語ってくれます。そして、クレデンサの前

に置いた箱の中には、物語の続きがまだ入ったままです。さあ取り出して、続きを聞かせてもらいましょう。私は、独特の不思議な魅力でいっぱいのこの物語が大好きなのです。箱の中から現れるひとつひとつが、古い記憶を語ってくれます。それが混ざってひとつになって、過去のクリスマスの不思議と現在のクリスマスの神秘が編み合わさっていくのです。最初に箱から出てきたのは、ペグおばさんから引き継いだ、私より年上のマリア様とヨセフ様の人形でした。長年使用しているため、少々やつれています。実はちょっとしたジレンマを感じています。というのも、聖家族の人形はもう一セットあり、これは私がイニシャノンに越してきて初めてのクリスマスに買ったものです。ペグの人形ほど古くなってはいません。それでも、それで、年功序列を重視して、ペグの人形にいちばん良い役割を担ってもらうことにしています。それで、もうひとりのヨセフ様には、羊飼いになってもらいます。着衣が似ていますから。そしてもうひとりのマリア様には、助産師の役目をしてもらいます。赤ん坊を迎えるときにいてもらえると、ありがたいですからね。

コケの敷かれた上に、イエス様を挟んでマリア様とヨセフ様が心地良く落ち着きました。二頭の牛と二頭のロバ、それに羊を数頭取り出して並べ、このささやかな家族を温かな雰囲気で包みます。次に羊飼いを数人取り出しますが、そのうち一人には片脚がありません。長年のあいだ、子どもたちに熱狂的に可愛がられたためでした。この羊飼いは、良く考えて配置します。流木のカーブにちょうどはまり、よりかかることができるようにするのです。羊飼いと私は、似た者同士みたいですね。

それからガチョウの一群を取り出します。何年も前に、手芸用品店でこのガチョウたちを目にして、つい買ってしまいました。ガチョウを見ると、母と過ごしたクリスマスを思い出すからです。いろいろなサイズと形の小鳥も取り出し、コケの上や流木の突起に止まらせます。小鳥はたくさんありますが、何年もかけて自分で集めたものと、家族や友人からプレントにもらったものがあります。二羽の白い鳩は、馬小屋の上の止まり木にちょこんと落ち着きました。

もともと、この世に平和がもたらされるようにと祈念して、幼子イエス様の馬小屋は飾られました。人間の世界では宿に宿泊するのを拒まれた聖家族ですが、天国の聖歌隊には歓迎され、動物の世界にも温かく迎えられたからです。さて、箱の中から他の動物と天使、それに半端物や不揃いな飾りを取り出します。ひとつひとつ包みを開いていると、その飾りを買ったりもらったりしたときのことを思い出します。ドイツで購入した木彫りの天使、司祭だった高齢の親戚がイタリアから買って来てくれたベネチアングラスの鳥。この人は、もうずいぶん前に亡くなっています。母からもらった、太鼓を叩く少年の置き物。

これを全部飾ってしまったら、最後に星を飾ります。これは油断のならない作業です。星が斜めになりたがったり、ひどい場合には、流れ星になりたがったりするからです。流木のいちばん高い部分にしっかりと固定し、少し下の突起には白い天使を、星に向かって手を振っているようにして飾ります。この天使は特別な飾りです。というのも、大切な友人が編んでくれたものだからです。その人の人生は、幸せとはいえませんでしたが、それでも彼女は、周りの人々に優しさを示してくれたのです。

次は、聖フランシスコのご像です。これは何年も前にアッシジから、私が小脇に抱えて持ち帰ったものです。いつもは庭にいるのですが、クリスマスになると、イエス様の馬小屋飾りの前の位置に立ちます。というのは、小鳥をこよなく愛するこの穏やかな聖人こそが、イエス様がお生まれになったときの様子を初めて人形を使って表現し、クリスマスを祝うことを始めた方だからなのです。

いよいよイルミネーションライトをつける繊細な作業に移ります。今年初めて、馬小屋に本格的なライトがつきます。いや少なくとも、そういう計画です。廊下の突き当りは薄暗いので、馬小屋に灯りをつけたいと思ったのです。電気の配線を扱うのが得意な息子が、休暇で里帰りしている間に、壁にコンセントを付け、ライトを買って来てくれました。簡単な作業だから失敗するはずないよ、息子はそう請け合いました。

私は電気系統を扱うのがあまり得意ではありません。努力してうまくいくと驚いてしまうほどです。私は、野生動物でいっぱいのイエス様の馬小屋飾りに、豆電球が連なる繊細なコードを慎重に巻きつけていきました。輝く星の周りや天使の翼、山々の上に置いた動物の間に、できるだけ美しく見えるようにと考えながら、這わせていきました。それから馬小屋の奥にもコードを伝わせて、特に中央に並ぶ人形の周りが明るくなるようにし、中でも幼子イエス様がことのほか輝いて見えるようにしました。コードの先のプラグが、壁のコンセントの前にくる長さにしようと考えていたら、奇跡的にその通りになりました。そして、いよいよ点灯です。さあ、全体が美しく照らし出されるでしょうか？　ええ、輝きましたとも！私の馬小屋飾りが、初めて本格的なイルミネーションをまとったのです。ばんざーい！

さてイエス様の馬小屋の飾りつけが終わるのを、クリスマスツリーは辛抱強く待っていました。通りに面した部屋の片隅で、ふたつの窓の間に、たっぷりと茂る深緑色の葉に覆われてたたずんでいます。この部屋は、玄関と台所の間にあるためみんなが行き来する場所になっていて、窓は村の目抜き通りに向いていました。この部屋の中に腰かけていると、世の中が通り過ぎていく様子が窓から見てとれたので、夫はいみじくもこの部屋を「好奇の間」と名付けました。夏の数か月は、コーク県西部へ向かう車で通りは大変混雑します。クリスマスには、通りの向こう側に村のツリーが立てられます。そこにイルミネーションが灯され、通りの木々も色とりどりの電灯で飾られると、みんな一緒にダンスをしているように華やかにきらきら揺らめきました。

私は戸棚からツリーの飾りを入れた箱を取り出してきて、ツリーの下に置きました。まず、イルミネーションライトから始めます。イエス様の馬小屋飾りではライトをいちばん最後に伝わせましたが、ツリーでは最初に巻きつけます。ボール紙に丁寧に巻きつけてある三本の長いコードをほどき、床に広げて置いて、点くかどうか確かめます。コンセントにプラグを差し込み、三本とも床の上できらめき始めると、ほっと一安心です。

ツリーのてっぺんに手が届くように、脚立を運んできます。そして、いちばん上から下の枝へと電球のコードをまとわせていくのです。このとき、ある用心深い隣人から告げられた助言を、しっかりと心にとめておくようにします。「六十歳を過ぎたら、脚立に上るもんじゃあないよ」。私はしかるべき注意をしながら、脚立に上がりました。その人に「そうら言わんこっちゃない」と言わせるつもりはありませんから。連なるライトを葉の間に隠したり見せたりしながら下へと伝わせていき、ツリー全体にライトをからませます。それから再び点灯して確認します。大丈夫、輝きます。飾りつけの最中に思わぬアクシデントに見舞われないよう、ライトは消しておきます。そんなことになれば何か月ものあいだ、あのマイナス思考の隣人から「そうら言わんこっちゃない」攻撃を受けることになりますから。

まず最初に、ツリーのてっぺんに妖精の女王を乗せます。金色の冠を頭にいただき、流れるように優雅で豪奢な深紅のドレスを誇らしげに身にまとっています。この深紅の貴婦人は、レース編みとかぎ針編みの才能にあふれた友人が作ってくれたもので、うちのクリスマスツリーの花形の存在です。ところが、ツリーに降り立とうとした女王陛下の最初の試みは、失敗に終わりました。ツリーのてっぺんと天井との間には、陛下が真っ直ぐに立ちその華やかな装いを披露できるだけのスペースがなかったのです。私は脚立から降りました。裏のポー

チから探してきた小さな剪定ばさみを手に、また脚立に上ります。これでてっぺんの枝が少し低くなりました。短く刈ったツリーの頂に女王陛下が上がると、ゆったりと垂れるドレスの下に隠れた枝が、しっかりと彼女を支えました。陛下はその高い位置から、自らの王国を見渡すことができました。わが家で最高の眺めを楽しめる場所を占領したのです。

ツリーを飾るのに理想的な色は赤と金ですが、あいにく飾り手が堅苦しい規則にこだわらないたちなので、作業を進めていくうちに他の色も入ってきてしまいます。はじめは断固として赤いボールだけを、いえ少なくとも赤みがかった飾りで小さいものをツリーの上部につけ、下へいくにしたがって、直径の大きなものにしていきます。ずいぶん長い間使っていて、少しへこんでいる飾りもあります。そういうものは、きれいな面を外側にするようにして吊るさなくてはなりません。ずっと後になって、あちこちのクリスマスマーケットで購入した飾りは、真新しくてどの角度から見ても良い形です。ツリーの上の部分にぶら下げたフックにはクリップをつけて、飾りがゆらゆら揺れるスペースを大きくします。ボールが枝の間できらめいているのを眺めるのは、とても気分の良いものです。

とうとうボールの箱が空になり、緑色のツリーに赤色の輝きがもたらされました。次に、小さく繊細な金色のツリーとそり、それに天使が納められた箱を開きます。すべてドイツ製です。ドイツはクリスマスツリー発祥の地なので、人々は大変上手にツリーの飾りつけをするのです。このドイツ製の飾りはとても軽くて小さくて、光りを捉えたときだけ、きらめいて存在を現します。だから、ちょうどいい角度に吊り下げるのは至難の業なのでした。それでも、飾りがきらめくのを見た瞬間に、大変な苦労が報われるのです。

そのあと、懐かしさがこみ上げてきて、白い色のものなのに、手編みの丸々太ったスノーマンを飾ってしまいます。姉がクリスマスマーケットで買ったものです。姉は、自分では編み物などまったくしないけれど、編み物の素晴らしさをよく知っていて、編み物ができる人に対して大いに感心するのです。それから、小さな赤いポシェットを取り出します。ずっと昔、ある幼い少女がこのポシェットをプレゼントされ、とても大切にしていました。クリスマスのたびにツリーに飾られるポシェットを目にして、彼女は昔を思い出し微笑むのでした。次は、小さなクリスマス用の靴下です。カナダに住んでいた大好きな姉のものでした。姉は、毎年クリスマスにアイルランドに戻ってきていたのです。私は靴下を飾って、クリスマスが好きだった姉を思い出しています。それから、アメリカで車椅子生活を送っていた女性が編んで送ってくれたサンタクロースが三人。この人は、編み物をすることで気持ちが癒されていたのでした。それに、古びてくたくたのサンタクロースのブーツがひとつ。クリスマスを何度も過ごしてきたことが姿に現れています。

まだ飾りつけは続きます。箱から出てくるオーナメントのひとつひとつが物語を語ってくれるので、ツリーを飾りながらこれまでの長い時間を遡り、世界中のあちこちを巡っているようでした。飾りつけをすることで、思い出をたどるという豊かな経験ができるのです。ついに、こまごましたものがすべて自分の居場所に納まり、私は空箱をクリスマス飾り用戸棚に戻しました。そこで空箱たちは、何日か後に中身が帰ってくるのを待つのです。飾りをいっぱいにつけたクリスマスツリーは、たくさんの思い出であふれていました。次は、床の上に移ります。幹の根元は、鉄の土台でしっかりと支えてあります。それを、乾燥させないように、水を張ったたらいに浸けてありました。赤いテーブルクロスをたらいに巻いて、この見苦しい部分を隠します。ツリーの下には木製の飼葉桶を置きますが、これは、むかし大工仕事が大好きだった少年が作ったものです。とはいっても、彼も今はもう若くはありませんが。その桶の中にシスター・エトゥナが作ってくれた大きな幼子イエス様を寝かせます。そしていよいよライトアップしてみます。すると、ツリー全体に生命が宿りました。後ろに一歩下がって、ほれぼれと眺めます。わが家にクリスマスがやって来たのです。

ツリーの飾りつけが終わると、今度はその周りに取り掛かります。テレビの置かれた戸棚の上に、私が初任給で買った陶器の小さな馬小屋飾りを置きます。戸棚の上にはガチョウを描いた油絵があり、何年もの間、私はこの絵を眺めては楽しんできました。その下のテレビよりずっと楽しめるのです。

この油絵は、コーク県の西部にあるギャラリーで、結婚三十周年のお祝いに夫とふたりで買ったものです。夫婦で一日中出かけていて、帰宅途中にギャラリーに立ち寄ったのでした。スーザン・ウェブが描いた、丘の間を流れる川にガチョウがいるこの絵が、他の絵画にまぎ

れていたのです。初めて目にしたときのことを、今もよく覚えています。コーク県西部のオールド・ミル・ギャラリーの階段を上っているときのことでした。いちばん上の、良く考えられた申し分のない位置に、この油絵が掲げられていたのです。足が止まってしまいました。そのとき私は、実家の農場の中にある小川の岸辺に戻って、せせらぎで戯れるガチョウを見ていたのです。この画家が、ガチョウをよく理解して描いていることが、ひと目でわかりました。ガチョウは、ちょっと変わった格好で水の中にくちばしを突っ込みます。それから頭をヒョイと上げ、体を少し後ろに引いて得意げな様子を見せるのです。そんな特徴を描き込むには、ガチョウをよく知らなくてはなりません。この絵には、まさにそれがすべて描かれていました。

値札を見て、二度ごくりとつばを飲み込みました。夫のゲイブリエルには何のこだわりもなかったのですが、その日私は、スクルージのようにけちけちすると決めていたので、私たちは絵を買わずに帰宅しました。けれども心の中では、自宅に絵を持ち帰っていたのです。ガチョウは飛んで行ってしまうどころか、私の頭の中でガアガア鳴きたてていました。私はメアリーに電話をしました。一緒に油絵を描いている友人です。私がまくしたてるのを聞いた後、メアリーは強い調子で尋ねてきました。「で、お金はあるんでしょ?」私が、用意できると告げると、メアリーはこう言ったのです。「頼むから、もう一度店に戻って、そのいまいましい絵を買ってちょうだい。でなけりゃあなた、これからずっとぶつくさ言って過ごすことになるから」

　メアリーが、この状況に明確な判断を下すことができたのは、数年前に同じようなことがあり、そのときは、私の中のスクルージが勝利を収めていたからなのでした。そのあと何か月ものあいだ私がくやんでいたのをメアリーは聞いていました。だからメアリーは、私のことをよくわかった上でそう言ったのです。その翌日、ゲイブリエルと私はまた店へ出かけて行き、ガチョウの絵を買いました。その決断を後悔したことは一度もありません。そして今、赤い実のついたヒイラギの枝をガチョウの後ろに差し込んで飾りました。このガチョウと小さな陶器の馬小屋飾りは、実家の思い出をちょっぴりもたらしてくれています。

　引き続き、赤いリボンを絡ませたヒイラギの枝を、部屋中に飾っていきます。薄く削った木でできている、小さくて繊細なイエス様の馬小屋は、例年通りペグおばさんのサイドボードの上に落ち着きました。ちょっとガタガタするそりに乗ったサンタクロースは、箱型の大時計の上に置きます。すべて終わると、私はツリーのイルミネーションの中で腰を下ろし、部屋全体を眺めるのでした。

訳注
1　人間が作ったミニチュアのドア。木の幹にあいた虚洞《うろ》の前などに据え付けると、妖精が使うとされる。ここでは、森の中の木々に子どもたちがドアをつけていったことがわかる。

2　新約聖書に登場する東方の三博士のこと。イエスが誕生した際に礼拝にやってきて、贈り物を捧げたといわれる。

第十三章　高貴な贈り物

台所のドアを開けると、それは、食卓の上にちょこんと乗っていました。しっかりと包装された、小さな四角い小包[1]です。何かと思って近づいて、中身の見当をつけようと持ち上げてみました。さほど重くはないけれど、実の詰まった固いものが入っているようです。振ってみました。ことりともしません。ハーリング[2]の革製のボールのごとく、確固としたゆるぎないもののように思えます。この小さな小包は、ミサイルみたいに宇宙を飛んできても、かすり傷ひとつつかないくらい頑丈に見えます。中のものが壊れているはずはないし、へこんでさえいないでしょう。小さな小包は、ラッピングの達人の手によって、しっかりと包装されていたからです。

それでも、香りまで閉じ込めておくことはできないようでした。小さな包みを取り巻く空気に、ほんのりと香りがにじみ出ていたのです。嗅いでみます。そしてもう一度、より深く吸い込みます。感覚を研ぎ澄ましてみましたが、それが何の香りなのかわかりません。今度は、私の中の魂に引き寄せるように、思い切り深く吸い込んでみました。すると非常にゆっくりと、そのかすかな芳香が、幾重にも折り重なった記憶の層をほどき始めたのです。心のどこか片隅で、香炉[3]が空を切って揺れています。不思議だわ。そして、私の好奇心はふくらんでいったのです。

私は、受け取った郵便物をすぐに開封するたちではありません。もし、窓のあいた封筒が届いたら、朝の栄養補給を楽しく済ませるまでしっかりと閉じたままにしておき、おいしい朝食がだいなしにならないようにします。気分が良くなり、元気が出るような郵便物なら、開封する楽しみは後のためにとっておきます。急いで開封して、オートミールやマーマレードに楽しみをまぎれさせたくありませんから。そういうわけで、小包は台所の食卓に置いたままにしておきました。

朝食を済ませると、庭へ出て作業を楽しみました。バードフィーダーに餌を入れたり、ぶらぶら歩きながら庭木の様子を確かめたりしたのです。ガーデニング好きならおわかりでしょうが、様子を見にちょっと庭へ出たつもりが、数時間たってもまだ家に入っていない、そういうことがよくあります。そのときも、骨身にしみる寒さを感じて、ようやく暖かい台所へ向かいました。そして昼食に食べる物を取り合わせてトレイに乗せ、「静寂の間」へ運びました。

そこで、ミセス・シーのテーブルにトレイを置きました。この婦人は、亡くなるまでの人

生のたそがれどきの十四年間をうちのゲストハウスで過ごしました。私はその間に多くのことを学びました。「歳なんかとるもんじゃないわよ、あなた」人を従わせるのが当たり前という命令口調で、ミセス・シーは言いました。「みじめな有様になっちゃうんだから」。けれども彼女は、優雅に年を重ねる技を身につけていて、高齢であることを楽にし、より快適に過ごすのに役立つ物ならなんでも手に入れていたのでした。そうやって手に入れた品のひとつが、キャスター付きの軽くてエレガントなコーヒーテーブルでした。どうしてキャスターがついてるの、そう思われるかもしれません。でも、筋肉がこわばり、以前のように動けなくなると、自分が物の周りを動くより、物を動かす方が楽になることが多いのです。

ミセス・シーのテーブルは二段になっています。下の棚には雑誌や本、それに、手の届く範囲に置いておく必要のあるいろいろな物が置かれていました。テーブルの上は、軽食を乗せたトレイを置く場所でした。晩になるとそこには、自前のカットグラスのタンブラーに入れた琥珀色のウィスキーがきらめいているのでした。ウィスキーは、高齢に伴う様々な苦しみを和らげていましたが、飲み過ぎるということは決してありませんでした。彼女が断固として守り通そうとしていた、品よく振る舞うというルールに反すると考えたのでしょう。亡くなったとき、私はこのウィスキーテーブルを受け継ぎましたが、考え抜かれた優れものだと、すぐに気づきました。常に修理したり磨いたりしているので、軽く触れただけでバレリーナのように滑り、持ち主より動きが良いこともあります。昼食をとる前に、大切な小包を

ミセス・シーのテーブルに乗せました。彼女ならきっと、これを包装した人物を高く評価したでしょう。物事は適切な方法でなされるべきだと考えていて、この小包はまさに、達人が完璧な几帳面さで包装したものだったからです。小包の上部に貼られた粘着テープを指先で剥ごうとしましたが、なかなか剥げません。仕方なく台所へ戻って、危険な小悪魔のようなキッチンナイフを持ち出してきました。粘着テープの下にナイフの刃を差し込み、箱の上部を真っ直ぐきれいに切り開いていきます。ふたの部分二枚が、束縛を解かれた翼のように同時にはね上がり、中から柔らかな白いペーパーがふわりと浮かび上がりました。その中では魅力的な深紅が輝きを放っていて、濃厚なお香の香りがふわりと立ち上りました。

そして、薄いペーパーの層をそっと折り返すと、実に見事な深紅のキャンドルが出てきたのです。聖体賛美式や修道院の礼拝堂、修道院で生活する修道士の香りがします。美しいキャンドルを小さな箱の中から丁寧に持ち上げると、ワックスペーパーの繊細な帯が巻いてあり、乳香の香りと書かれていました。乳香は、賢者たちが東方からベツレヘムに持参した贈り物です。なんと素敵なプレゼントでしょう！　送り主はある友人で、彼は、優しい芳香のする素晴らしいキャンドルを手作りしているのでした。もう何年ものあいだ、この友人からラベンダーやバラの香りのするキャンドルを送ってもらっていましたが、乳香をもらったのは初めてでした。クリスマスの前の週に、こんな素敵な贈り物をもらうなんて、私は本当に恵まれています。それは、長い時間を超えて私をベツレヘムへと導いてくれる橋でした。初めての試みですが、今年はアイルランドの伝統的な白いクリスマスキャンドルを灯さないことにしました。その代わり、芳醇な乳香の香りただよう、この深紅のキャンドルを灯すのです。この香りのルーツは、クリスマスの起源にまでさかのぼることができるのですから。

最高の贈り物をもらったことが嬉しくて、すぐにその人に電話をかけ、喜びを伝えました。経験から学んだことですが、お礼を言うのを後回しにしてはいけません。こみ上げてくる感謝の気持ちと一緒に口にすべきです。後回しにしてしまうと、不自然なものになってしまい、もっと悪いことには、機会を逃すことになりかねません。その友人ラリーは、豊かな創造力が育まれる土地、キルケニー県のベネッツブリッジに、ささやかな作業場とキャンドルショップを構えていました。電話をすると、キャンドルについて私が感想を述べるのを、嬉しそうに聞いていました。

数年前、友人とふたりでラリーの作業場を訪ねたときのことです。ドアを開けたとたんに私たちを迎えてくれた、整然と並ぶ美しいキャンドルとその芳香を忘れることはできません。神秘的な体験でした。それ以来、うちのキャンドルがなくなりそうになると、彼に連絡するのです。「あの乳香のキャンドルは、材料を調達するのが本当に大変でね」ラリーは言いました。「あれはまだ試作品だよ。きみの意見が聞きたくて送ってみた」

「間違いなく、傑作ね」と私は請け合いました。

「でも、まだ火を灯していないだろう？」

「ええ、イヴの晩までは灯さないわよ」と私。「でもね、香りと手触り、それに、あの見事な色から判断して、成功に決まってる」

「それじゃあとりあえず、うまくいったということだね」ラリーの笑い声が聞こえました。

「最終判定は火を灯してからだ。楽しみにしているよ」

「報告するわ」私はそう告げながらも、この乳香キャンドルが素晴らしいものだということを確信していました。

例年なら、伝統的な白いクリスマスキャンドルを、砂を詰め込んだ古い陶器の器に立てて飾ります。そしてその周りに、赤い実をつけたヒイラギの枝をあしらいます。けれども、この高貴な身分の新人キャンドルは、少し違う飾り方をするのが望ましいようでした。いろいろな物のコレクター（ガラクタをため込む人間を、好ましく呼ぶとこうなります）の都合の良いところは、思いもよらない特別な機会が訪れても、それに対処するための物を持ち合わせている、ということです。そういえば、ペグおばさんから受け継いだサイドボードには、ウォーターフォード社のカットクリスタルのケーキスタンドが置いてありました。

夫婦の結婚十五周年の水晶《クリスタル》婚式の記念に、最愛の夫は私にクリスタルの食器をプレゼントしようと考えていました。夫はコーク市のイーガンという店の前で、何かいいものがないか、ショーウィンドーをのぞいていました。その当時、イーガンは、パトリック通りに並ぶ高級店のひとつで、マホガニーのドアにはガラスがはめ込まれ、大きなショーウィンドーには、コーク産の銀製品やカットグラスの製品、それに装飾品がきらめいていました。

　そこに現れたのは、ほかならぬ私の姉でした。別の町に住んでいるのが、その日は偶然にもコーク市に買い物に出てきていたのです。ふたりが相談した結果選んだのが、ウォーターフォード社の見事なカットクリスタルのケーキスタンドでした。私は大喜びしました。それから長い間、スタンドは洗礼式や聖体拝領式、それに誕生日にケーキをしっかりと支えてくれていました。それがいま、高貴なキャンドルを支えることになったのです。私はサイドボードからスタンドを取り出すと、水でさっと洗い、ぴかぴかに磨き上げました。眺めているだけで、気持ちが豊かになるスタンドです。

　このところ、美しいカットクリスタルやボーンチャイナの食器はすたれてしまっていました。それがまた、流行り始めています。おしゃれなティールームに人気が集まるようになり、そういう店ではボーンチャイナのカップでアフタヌーンティーを提供していることからもわかります。美しい物とは、すたれてもまた流行り始めるものなのです。

　私はケーキスタンドを玄関へ持っていき、古いオーク材のテーブルの上に慎重に据えました。毎年クリスマスキャンドルを立てるテーブルです。ずいぶん昔、古道具屋でなんと十四ポンドという安さで手に入れました。汚れていてみすぼらしい上に、脚が一本ぐらぐらしていたので、きれいに拭いて修繕しました。コレクターとは、アヒルの値で買ったものでも、白鳥に化けると考えている人間です。ですが、アヒル《ダック》の値で買ったものは、たいていが役立《レイム》たずの《ダック》ままだと忘れている人間でもあります。

次に、ミセス・シーのテーブルから愛情を込めてキャンドルを運んできてケーキスタンドに乗せました。すると、磨きをかけたスタンドの表面にキャンドルが映りました。少し離れて全体を眺めてみると、何か物足りない気がします。テーブルだけが、クリスタルやキャンドルのようにきらめいて見えないのです。全体の調和が取れていません。何かを付け足さなくてはなりません。

台所の奥にある物置にペグおばさんのリネン用の戸棚があり、その中に、様々なテーブルクロスやあらゆる種類と大きさの布が詰め込んでありました。ペグは上質な食卓用リネンを集めるのが趣味でしたが、私も喜んでその趣味を引き継いだのです。長い年月をかけて、私はペグのコレクションに布製品を加えていったので、棚の中はいろいろなものでいっぱいになってしまいました。だから、数年に一度、まる一日かけて整理しています。それが終わると、なんともいえない達成感を感じ、満足するのです。けれどもその気分を味わってから、すでに数年が過ぎていました。だから、求めているものを見つけるのに、棚の中をあちこち引っかき回すことになったのです。

何年も前ですが、プラハのクリスマスマーケットで一枚のテーブルクロスを買ってありました。粗く手触りの良い無漂白のリネンに、ヒイラギのリースの手刺繍が施されています。リースの糸は赤と金で、そこにクリーム色で縁取りがしてある一枚で、買わずにいられませんでした。そのクロスが、高貴なキャンドルを置くテーブルによく合いました。ありふれた、さえない小さなオーク材のテーブルはクロスの下に消え、見違えるようになりました。そして、クリスタルのスタンドに立てた深紅のキャンドルをクロスの上に置くと、三つは本当にしっくりと合ったのです。

裏のポーチには、うちのヒイラギと一緒に、赤い実のついたヒイラギの枝が置いてありました。ブラックバレーを訪れた友人が、私に持ってきてくれたのです。贈り物としてもらったので、ことのほか特別なものに思えました。それに、そもそも、アイルランドに自生する、深緑色でつやつやのヒイラギに勝る贈り物などないのですから。その木が実をつけると、濃い深緑の背景に赤が映えます。私はその実をいくつか手に取り、クリスタルのスタンドに置いたキャンドルの足元に散らしました。すると、クリスタルに赤い実が映り、キャンドルとクロスのリースとがうまくつながったのです。わが家の高貴なキャンドルは、しかるべき形に落ち着きました。そうやって仕度のできたキャンドルは、クリスマスを待っているのでした。

訳注

1　著者の自宅の隣は雑貨店を兼ねた郵便局。そこに勤務する息子が、著者宛の小包を持ってきて、台所の食卓の上に置いたと考えられる。

2　ホッケーに似たアイルランドの伝統的な球技。十五人ずつの二チームでプレイする。
3　キリスト教の典礼で使用される振り香炉のこと。金属の鎖の先に金属製の香炉をつけたものを振る。

第十四章　窓辺のキャンドル

わが家の二階の廊下に、リネンを入れておく古い戸棚があります。戸棚の一番下の棚には、陶器の壺がいくつも置いてあります。茶色く縁取りしたクリーム色の陶器で、どっしりと重く、逆さにするのも大変です。もうずいぶん昔に、この壺を製造していたオギルヴィア・アンド・ムーア・オブ・コークというジャム工場が閉鎖するとき、大量に買い込んだものでした。当時、私はゲストハウスを経営していて、朝食に自家製のマーマレードを出したら、お客さんが喜ぶのではないかと思ったのです。だから、毎年一月になると、四ポンド（約一・八kg）もの重さのこの壺に、黄金のマーマレードを滝のように注ぎ込んでいました。

もうその必要もなくなって、マーマレードも、既製品の蜂蜜の瓶に入れるほどしか作らなくなりました。それで、陶器の壺は別の使い方をすることにしたのです。クリスマスに窓辺に飾るキャンドル立てです。近くのガレッツタウンの海岸から濡れた砂を持ってきて壺に入れたら、とても安定感のあるキャンドル立てになりました。どんな安全検査もパスするくらい、まったく危険はありません。ただし、この点については、誰もがそう思っているわけではないようです。風流より実用性を重んじる息子に、「母さんは、いつかきっと飾りをすべて燃やしてしまうよ」毎年そう言われますから。けれども、まだそんな事態には至っていないので、クリスマスの数日前にガレッツタウン海岸へ出かけていく予定を立てました。

冬の海岸をゆっくり歩いていると、すがすがしい気分になります。吹き荒れる風が耳を叩き、髪を吹き上げてぐしゃぐしゃにします。激しく岩に打ちつける波の音が耳の奥まで響いてきます。寒さが身にしみるようになってようやく、バケツに砂を入れ、帰る準備をするのです。こんなことをすると、EUの規則違反かもしれません。でも、この時期は規則を曲げても構わないのです。だって、クリスマスは、そんな規則よりずっとずっと昔からあるのですから。

砂をすくっている最中に、面白い形の石や貝殻や木切れを見つけると、拾いたい気持ちを抑えられなくなります。もしかしたら、うちの飾りつけの中にうまくフィットするのではないかしら、そう思ってしまうからです。クリスマス前に海岸を訪れるのは、とても良い刺激になります。頭の中のモヤモヤがきれいさっぱり洗い流され、家にこもりきりでクリスマスの準備をしようという気持ちになるのです。

イヴの前日になると、いよいよ二階の戸棚へ行き、キャンドルを立てたままになっている重い壺を引きずり出し、しっかり抱えて階下へ下ります。そして、台所の食卓の上に並べる

のです。フィットネスのエキスパートによれば、自宅に階段があると常に運動することになるため、健康にとても良いのだそうです。それはそうかもしれません。でもこの壺を運んでくるには、「ねばり根性」の精神が試されます。

壺を下ろす大仕事を終えると、食卓の上には、キャンドルが立つ壺がずらりと並びました。まず、総点検をします。こびりついているろうをこそげ落とし、灯芯を少し刈り、キャンドル上部の外側のふちを削って平らにします。寿命が尽きそうなキャンドルは、新しいものに交換します。砂の表面がへこんでしまっているものがあれば、ガレッツタウン海岸から運んで来たバケツの砂を足します。それから、家中の窓辺を回り、キャンドルをしっかりと砂で固定した壺を置いていくのです。大火事を起こす心配はありません。壺自体が重い上に砂をぎっしり詰め込んであるので、倒れる危険はないからです。それに、カーテンはしっかりまとめて留めてあります。というのも、キャンドルは、イヴの夜からクリスマス当日にかけて、外の暗闇をまばゆく照らし続けるべきものだからです。

「静寂の間」の窓辺は、特に念入りに飾ります。いつもなら、そこにはいろいろな本や、置き場の定まらないものが一時的に置かれています。それをすっかり取り除いて、新たに飾りつけの拠点を作ります。木彫りの聖像を置くのです。廊下の奥にあるクリスマス用の飾りを入れる戸棚から、木彫りのご像の入った箱を運んできます。軽いとはいえないので、窓辺のすぐ脇の床の上にドサリと置くとほっと一安心します。この聖像のセットは、部屋の中に向

けるのではなく、外の通りに向けて飾ります。通りの方を向いているため、すぐそばの玄関から何度も出たり入ったりして、飾りつけの進み具合を外から確認しなくてはなりません。

中に入れる人物と動物については、ベツレヘムの馬小屋と同じにすれば良いのですが、それを囲む馬小屋がないため、一から作らなくてはなりません。ベツレヘムは、バラの園のような美しい場所ではないし、馬小屋は、カーペットが敷き詰められた高級ホテルとは違います。だから、険しい地形を表現するため、麻袋と岩を使います。この聖像は、近ごろの馬小屋飾りのような華やかなものとは違い、頑丈でごつごつした木製で、実物に近いよう表現しようとしたものでした。誰をどこに置くかは決めていないため、まずマリア様とヨセフ様を置いて、それから羊飼い、牛、ロバを配置し、聖地にいたと思うラクダも数頭、徐々に置いていきます。できあがっていくにつれて、なんだかいかめしくなってきたので、翼のある天使や色とりどりの鳥を置いて、やわらかい感じをもたせます。人と動物がふさわしい位置に付いたら、その中に、壺に立てたキャンドルをふたつ置きます。そして、岩と岩とのすき間に目立たないように、ライトを這わせていきます。点灯して、通りを歩く子どもたちが見て楽しむことができるようにするのです。

家中の窓辺にキャンドルを置き、あとは火をつけてクリスマスを迎えるだけにしたら、最後に玄関のドアにリースを掛けます。それまで何年も、ドアにリースを飾ろうという気持ちになっては迷い、そしてあきらめる、ということを繰り返していました。うちは交通量の多い幹線道路に面しているので、リースを飾っても、いたずらされるのではないかと不安だったからです。でもある年、Ｄ・Ｊのオープンハウスを見学に行き、申し分のないほど見事なドアのリースをひと目みて、誘惑に打ち勝つことができなくなりました。細く柔らかな松の枝を束にして巻いて、そこに松ぼっくりがいくつかあしらわれていて、実に見事なリースだったのです。うちの玄関のドアに初めてリースを飾った年、皮肉屋の隣人が悲観的なことを口にしました。「長持ちはしないね」。けれども、その人は間違っていました。毎年、ドアのリースは長持ちしています。だから、人の心の中には善意があると信じることができます。クリスマスとは、すべての人々の善意を引き出す季節なのです。

第十五章　神聖な懸け橋

子どものころ農家の実家では、クリスマスの飾りつけはイヴまでしませんでした。わが家では毎年そうしていて、たぶん、あの頃は近くの農家も、みんなそうしていたのだと思います。でもそんな習慣は、ずいぶん前にすたれてしまいました。それでも私は、十一月という月は、母が名付けたように、聖人の月だと思っているので、聖人たちに祈りを捧げるだけにしたいのです。わが家にクリスマスの飾りがきらめくのは、台所のドアの内側に掲げた大きなカレンダーの、十二月のページを見てからでいいと思っています。それまでは、クリスマスの雰囲気を感じさせるものは、ペグおばさんの戸棚でゆっくり熟成しているミンスミートとクリスマスプディング、それに、毎あさ食事前に火を灯す、アドベントリース[1]だけでいいのです。

リースは、大好きな姉エレンからもらったものです。姉は、数年前のクリスマス直前にがんで亡くなるまで、一年の大部分をカナダで過ごし、クリスマスになると、度々アイルランドに戻ってきて、わが家で過ごしていました。だからこのリースを飾るのは、待降節[2]を祝うと同時に、姉を思い出すためでもあります。そうやって思い出ノートの一ページ目を開くことが、私にとってクリスマスに欠かせないことになっているように思えます。

今は亡き人々に思いを馳せるのが十一月ですが、大切な人を失った悲しみを痛切に感じる季節がクリスマスです。亡くなってからそれほど時が経っていないなら、なおさらです。ある年のイヴの前日のことでした。玄関のドアをためらいがちにノックする音が聞こえました。ほとんど聞こえないかすかな音でした。少しの間待ってみて、空耳かしら、と思ったそのときです。もう一度、さきほどより少しだけ大きな音がしたのです。私は、表通りに面した部屋で、腰かけてノートパソコンに向かっていました。すぐ脇には玄関ホールへ出るドアが開いていました。すぐさまホールへ出て、玄関のドアを開けました。誰もいません。こういうときはたいてい、訪ねて来た人は横手に回り、通用口へ行っています。私が台所にいて、玄関のノックが聞こえない、そう思うのです。

案の定、台所に来た私が、通用口への階段を上がったところで、ノックの音がしました。ドアを開けると、立っていたのはオードリーで、思いがけない人が訪ねてくれたのを嬉しく思いました。オードリーは教区のいちばん向こう側に住んでいるため、めったに会うことのない人でした。幼いふたりの息子を持つ、この若く美しい母親は、その年、夫をがんで亡くしていました。教区の人々がみんな同情し、手助けするのをいとわない、そんなたぐいの葬

儀でした。それ以来オードリーは、深い悲しみに苦しむことはあっても、ようやく心の安らぎを得て、日々の雑事をこなしているようでした。その年は、オードリーにとって初めての、夫のいないクリスマスであり、息子たちにとって初めての、父親のいないクリスマスなのでした。この一家にはつらいクリスマスになると、わかりきっていました。

彼女は、私の著書にサインをもらいに来たのでした。夫のおじが、私の本の読者だというのでした。ふたりで「静寂の間」へ行き、私はデスクの上にあったペンを手に取りました。坐って話をしている間、窓の外では、クリスマスのためいつもより多い車の波が絶え間なく行き交っていました。静かな部屋の中では、私たちのすぐ脇で暖炉の薪がパチパチ燃えています。オードリーが話し、私はじっと耳をかたむけていました。こんなときは、慰めたり助言したりしない方が良いとわかっていたからです。家族を亡くした人には、余計なアドバイスなど必要ないのです。

悲しみを乗り越える道とは、どれも曲がりくねったつらい旅路です。私には、オードリーの苦しみが手に取るようにわかりました。最愛の人との結婚生活は十五年続き、その間、夫の病気が幸せに影を投げかけることはあっても、ふたりは素晴らしい愛情と一体感で結ばれていました。オードリーは思いやりのある人で、医学の知識もあったので、病気の夫を支え、その上、大好きな父親を失うかもしれないと不安を感じていた息子たちの心の支えにもなっていました。そして夫がいなくなった今、父親の役目まで務めようとしています。幸い、自分の実家と夫の家族という非常に協力的な親戚に恵まれ、コミュニティの人々からも親切にしてもらっていました。そういうことが慰めにはなったとはいえ、人それぞれ悲しみ方は違います。オードリーは、心の奥底でひとりで悲しんでいました。

その晩、友人のモーラが箱を抱えてやって来ました。「箱に入っているからって、期待しないでちょうだい」先回りして、彼女はこう言いました。「作って持ってきただけよ」。けれども私は、手作りだからこそ嬉しいのでした。モーラも、その年夫を亡くしていました。そして、まだ深い悲しみの中にあるというのに、もうひとり家族を亡くすという苦しみを味わっていました。残された娘を支えるため、しっかりしなければと気持ちを強く保とうとしていました。

モーラは、年に一度のホスピス・コーヒー・モーニング[3]に、手作りのおいしいパンやケーキを必ずたくさん焼いてきてくれる、頼りになる女性でした。北極星のようにゆるぎない、信頼できる人でした。たえず続く悲しみに苦しんでいるというのに、私のために、おいしいお菓子を焼いて持ってきてくれたのでした。それまでの数か月のあいだ、私がささやかな慰めの言葉をかけたことが、嬉しかったというのです。彼女は、クリスマスの精神そのものが人間になったような、広い心の持ち主でした。

そのあと私は、暖炉のそばに腰を下ろして思いを巡らせていました。その年、つらい悲しみの旅路へ投げ出されてしまった人にとって、クリスマスを迎えるのは、どんなにつらいことでしょう。バリケードのように前途に立ちはだかるクリスマスを、乗り越えていかなくてはならないのです。私が初めてその状況に立たされたとき、胸をえぐられるような気持ちでした。ただ、死の悲しみに苦しんでいたのではなく、刻々と近づいてくる暗い影におびえていたのでした。その年のクリスマスの何日か前、私たちと一緒にクリスマスを何度も過ごしてきた、大好きないとこのコンが、末期がんと診断されたのです。物静かな優しい性格の人でした。何十年も前、この近くの学校に教員として赴任してきて、わが家にしばらく滞在することになりました。「しばらく」が何十年にもなり、コンは家族の一員になっていったのです。いつも騒がしいわが家では、安らぎと静けさのオアシスのような存在で、悩みや心配事にじっと耳を傾け、慰めてくれました。

その年、コンはクリスマス休暇まで授業をし、その後、この衝撃的な知らせを受けたのです。てっきりひどいインフルエンザだと思い、医師の診察を受けに行きました。それなのに、がんと診断され、大きな打撃を受けたのです。コンのふたりの兄は司祭で、それぞれダブリンとベルファストに住んでいました。ふたりともわが家に来て滞在することになり、その晩、みんなで集まってクリスマスのキャンドルに火を灯しました。全員にわかっていました。玄関のテーブルに置いたキャンドルを囲む者のうち、あるひとりには、これが最後のクリスマスになるということが。その晩、私たちの教区の教会で、コンのふたりの兄が、司祭と共にミサを執り行いました。ミサには、神聖な空気とともに大きな苦しみが漂っていたことを、

今もよく覚えています。

数年後、私の夫ゲイブリエルが、十一月の末に突然亡くなりました。直後は大きなショックを受けましたが、私たち家族の心はしだいに落ち着いていきました。それでも、クリスマスは、恐ろしい幻影のように私たちの前に立ちはだかっていました。これまでずっとクリスマスを一緒に祝ってきた、その思い出が蘇るこの時期に、悲しみをどうやって乗り越えたらよいのでしょうか。ところが、恐れていた障壁は、意外にも簡単に乗り越えることができ、クリスマスになると、心の鋭い痛みと共に、説明しがたい神聖な安らぎの光が差し込んできたのです。現実は、心配したほど悪くはなかったのです。

数年が過ぎた別の折、私はクリスマスイヴにロンドンのヒースロー空港にいました。トロントにいる姉とクリスマスを過ごすため、かの地へ向かっていたのです。予期せぬ診断を受け、姉はアイルランドに戻ってくることができませんでした。けれどそれまで何年もの間イニシャノンに帰って来ていて、わが家でクリスマスを過ごしていたのです。その年は、私と娘がアイルランドのわが家の雰囲気を姉のもとへ届けるために出かけて行きました。トロントで迎えたクリスマスの朝、姉と私は雪道を歩いてミサに参列しました。また、翌日の晩にはバレエを見に行き、『くるみ割り人形』の幻想的な舞台を鑑賞したのです。私にとって、いちばん楽しい思い出のひとつになりました。帰国が近づくにつれ、別れのつらさはあっても、姉とふたりで美しいバレエを鑑賞することができたと思うことができました。

明けて翌年、姉は何か月も抗がん剤治療を受けましたが、効果はありませんでした。姉と一緒にクリスマスを過ごそうと、その年も私はトロントへ向かいました。でも、一緒にクリスマスを迎えることにはなりませんでした。十二月半ばに亡くなったのです。クリスマス前、私は姉の遺骨を持ってイニシャノンに戻ってきました。悲しんでいるとき、私たちの五感は、あの世の繊細な構造にそっとなじむようです。クリスマスには天国が少し近くなり、あの世とこの世との間に神聖な橋がかかります。聖なるその晩、先立った大切な人々が、私たちのもとに戻ってきてくれるのです。

訳注

1　キリスト教でクリスマスに用いられるリース。常緑樹で作ったリースにキャンドルが四本ついているもので、水平に置いて使う。クリスマスの四週間前の日曜に一本目のキャンドルに火をつけ、その後、日曜ごとに一本ずつ火をつけていく。

2　イエス・キリストの降誕を待ち望む期間。

3　毎年アイルランドの複数のホスピスで行われる慈善キャンペーン。老舗のコーヒーショップ、ビューリーズが企画し、ホスピスの人々にコーヒーを提供する。近隣の住民がケーキなどのお菓子を焼いて持ち寄る。

第十六章　クリスマスイヴ

私たちは子どもの頃、クリスマスイヴになるまでは、頑丈な堤防で勢いをせきとめられている潮の流れのようなものでした。イヴになったとたん、大きくうねる情熱が解き放たれました。私たちを押さえつけるものは、もうありません。お預けにされていた家の飾りつけを、いよいよ始めるのです。ヒイラギと蔦の束を一斉に台所に運び込み、あらゆるものを緑で埋めつくしていきました。

母は、周りの騒々しさなどまったくお構いなしに、落ち着き払った様子で、恒例のガチョウの詰め物をつくりはじめます。詰め物をする前に、火をつけた紙でガチョウの表面を少しあぶります。調理用暖炉の前の床にはめ込んである板石の上で、白く澄んだ炎であぶって、皮にへばりついている柔らかい綿毛を取るのです。素早く、完璧なタイミングで行わなくてはなりません。どうやるかというと、ガチョウの下に澄んだ輝く炎を持ってきて、さっと素早く動かすのです。のんびりとやっていてはいけません。素早く動かさなければ、まだらに焦げたガチョウになってしまいます。変性アルコールを使うようになると、この作業は楽になりました。アルコールの青い炎は澄んでいて、しかも扱いやすいからです。作業をしている間、台所には焦げた羽根のつんとする臭いが充満していました。それが終わって、あらぬことか灼熱地獄から逃れた羽根があると、どんな小さなものでも丁寧に抜き取りました。

母はその日の早い時間に、黒鍋にいっぱいのジャガイモを暖炉の火にかけてゆでていました。じゃがいもの皮にひびが入ると、自在かぎを手前にスライドして吊り手から鍋を下ろし、中身をざるに空け、沸騰したお湯を捨てます。手で皮をむくことができるくらいに冷ましたら、大きな緑色のほうろうのたらいに、白い粉を吹いたあつあつのじゃがいもをどんどん入れていき、皮はその隣に置いた、亜鉛メッキのバケツに入れていきます。じゃがいもの山のてっぺんに、大きな黄色いバターの塊を気前よく乗せると、バターは湯気を上げながらゆっくりと溶け、ジャガイモの間を伝っていきました。そこに、炒めたタマネギを滝のように落とします。母が、滝のような涙を流しながら皮をむいたものでした。ジャガイモとタマネギをよく混ぜ合わせ、柔らかい詰め物を作ります。詰め物がパサパサするようなら、片手鍋に入っている汁を、慎重に数滴加えます。これは、ガチョウの内臓を前の晩にゆでで、冷ましておいたものでした。

もうひとつのほうろうのたらいには、パンくずを入れてありました。一ポンド（約九〇〇g）もある固くなってしまったパンの内側をむしったものでした。塩、コショウ、シナモン、ミックスハーブを加え、セージは少しだけ散らします。（母は、セージが体の消化器官に悪い影響を与えると考えていたのです）。ハーブは、両手ではさんでこすり合わせて入れました。ちょうど父がする、パイプタバコの包みの封を切ってぎっちり詰められている葉を取り出し、パイプに詰める前に両手でこすってもみほぐすようなしぐさです。この中に、大きな料理用の青リンゴをすりおろして入れます。毎年たわわに実をつける、祖母のリンゴの木から採れたものを分けておくのです。風味を調整するために、グラニュー糖をひとつまみ入れることがありました。それでも気に入らないと、臓物の汁をあと数滴たらすこともありました。

このすべてを混ぜ合わせ、風味が十分についたし固さもちょうど良い、そう見極めたら、台所の奥の物置へ運びます。気温が零度より下がるので、うちでは冷蔵庫に最も近い状態になる場所でした。物置の凍りつくような寒さの中で、詰め物が完全に冷えたら、母は毎年お決まりの、詰め物作業を開始するのです。先に胸の部分、そのあとで腹の部分に詰め込みました。焼いている間に破裂しないよう、膨らむのを見越して余裕を持って詰めていました。そして、いちばん太いかがり針に白く柔らかい麻ひもを通したら、腕の立つ外科医のように患者を縫い合わせていきます。

このひもは、粉ひき場から運ばれてきた、小麦粉の袋の上部を縫ってあったものでした。袋を開けるとき、丁寧に引き抜いて丸くまとめ、裁縫箱にしまっておいて、クリスマスのガチョウを縫うなどの特別な機会に使いました。柔らかいのでガチョウの肉に食い込むことがなく、焼いている間にガチョウが裂けることもほとんどありません。母は、自分の十番の糸よりこのひもの方が良いと考えていました。十番の糸は四十番より丈夫ですが、ガチョウの柔らかい肉には少々固すぎて、都合が悪いのでした。

最初に縫い合わせるのは胸の穴で、切り口に覆いかぶせる部分の肉を大きく取ってありました。おかげでしっかりときれいに縫い上がり、縫い目はほとんど見えません。もっと大きい後ろの穴を、母は敏腕外科医のようにうまく閉じ、仕上がりに大きな誇りを感じているようでした。ガチョウの縫合を終えると、後ろに少し離れて、満足げな笑みを浮かべて眺めていました。そして患者は、手術台から持ち上げられて緑色のたらいの上に置かれます。その上に、きれいに洗って日光にさらした小麦粉の袋をかぶせます。残った詰め物は陶器のうつわに入れ、バターの包み紙で覆って、長い麻ひもでしっかり縛ります。それから、奥の物置にある台の上に、ガチョウとこの器を置きます。特別な日が来るのを、そこで待つことになるのです。

物置の台の上では、ハムが待機していました。酢漬けの樽の上に置いてあったのを、前の日の朝下ろし、よく洗って塩気をすっかり落としてありました。塩辛すぎるハムは、母の好みに合わなかったからです。母はハムをずっしりと重い黒鍋に入れ、暖炉の火の上で長い間コトコトゆでました。何分ゆでるという決まりはありません。長い経験から、だいたいの時間がわかっていました。そして、十分に火が通ったと判断したら、自在かぎをスライドして鍋を火から下ろし、物置のいちばん寒い場所まで慎重に運びます。ゆで汁に入れたまま、そこで冷やすのです。ハムは、そこで一夜を過ごすのでした。

次の朝、母は鍋からハムを取り出し、大きな皿に移しました。丁寧に皮をはいで、大きなナイフで表面にいくつか十字の切れ込みを入れ、ひし形に開きます。そして、ひし形のひとつひとつにクローブを詰めていきました。一方で、パンくずと黒砂糖、マスタードを混ぜ、パサパサしすぎるようなら、臓物のゆで汁を二、三滴たらしてちょうど良い固さにしておきます。そうやって混ぜ合わせたものをハムの上に塗り、さきほどの鍋を空にしてハムを入れ、暖炉でさっと焼きます。さてこのあと、ハムをガチョウと一緒に物置の台の上でひと休みさせ、詰め物の残りを入れた器も隣に置いて、クリスマスの晩餐の準備が整います。

このように母が忙しくしている間、私たちは、聖人のご絵の後ろや階段の手すりの間、天井から下がる肉釣りかぎにヒイラギの枝を差していきました。台所をぐるりと囲むように紙のくさりをぶら下げ、クリスマスキャンドルの台にしている西洋カブの周りを、ひだをもたせた紙で覆います。山と積まれたカブの中からいちばん大きなものを見つけてきて、大きなキャンドルを差す穴をあけるのは、父の仕事でした。

私たちの興奮がある程度おさまって、もう持ってきても大丈夫と見極めると、母は客間の戸棚から、クリスマスの格言と呼んでいるものを持ってきました。これは、クリスマスにまつわる様々なシーンがボール紙に描かれたもので、わが家には何十年も前からある古いものでした。母が、戸棚に鍵をかけて保管していたので、それほどまで長持ちしていたのです。そのうちの一枚には、しゃれた毛皮のケープに身を包み、陽気な表情をしたサンタクロースが描かれていて、バラ色のほおの子どもたちに、プレゼントを手渡しているのでした。アイルランドの子どもでないことは明らかで、おそらく、これはアメリカへ移住した親戚から送られてきたものだったのでしょう。

実家の裏手には木々に囲まれた妖精の砦跡があり、そこにある倒木から、大きな丸太を切り取ってきました。祖母はこれを「クリスマスの丸太」と呼んでいました。この丸太を暖炉の奥に横にして置き、クリスマスの十二日間、ずっと燃やし続けるのです。丸太に真黒な泥炭を立てかけるように置いて燃やすと、赤い炎が丸太と泥炭の間でチラチラ揺れていました。夕暮れにはラジオのスイッチを入れ、サンタクロースが、訪問する予定の子どもたちの名前を読み上げるのを、耳を澄まして聞きました。全員の名前が訪問リストに載っていることがわかると、ほっと安心するのでした。当時はほとんどの子どもが、ご先祖から受け継いだ名前だったので、昔ながらの名前を読み上げておけば、サンタはまずまず安心できたのでした。

それから玄関の外の階段に立ち、遠く離れたケリー山脈の谷を眺めます。子どもたちの家を回るサンタクロースが、トナカイに引かせたそりに乗り、山々の頂を滑るように走っていく姿を想像していました。父が干し草の束を背負い、牧場を流れる川のそばに群がる羊のところへ運んでいくのが見えます。外で夜を明かすのは羊だけで、ちょうどイエス様がお生ま

れになったときのようでした。牛舎の牛は、食べたものを満足げに反芻し、馬は飼葉桶の干し草をかみ砕いていています。止まり木で休んでいるニワトリが、ときどきコッコッと鳴くのが聞こえてきます。ガチョウの母さんと父さんは二羽だけで寝床にいました。何軒もの家庭のクリスマスディナーに肉を提供する、その年の仕事は、もう終わっています。

農場の家畜をすべて屋内に入れてしまうと、クリスマスイヴの食事の時間です。いつもの黒パンは食べずに、その代わり、スイートケーキとバターパン、種入りパンというご馳走を味わうことができました。中には、町のお店の主人からもらったものもあり、深く感謝しながら食べました。イヴの夕食にはトーストも食べることになっていて、その頃には赤々と燃えている暖炉の泥炭の前に、パンをかざしてトーストを焼きました。湯気を立てる黄色いバターを乗せた金色のトーストが、干しぶどうパンやケーキと一緒に食卓に上がるなど、めったにないことでした。

よだれが出そうなご馳走を口に入れる前に、クリスマスキャンドルに火を灯さなくてはなりません。母にとっては、キャンドルの点灯がクリスマスの正式なオープニングになるのでした。その瞬間の母は、神聖なクリスマスを祝おうとする、穏やかな喜びのオーラで包まれていました。キャンドルは、台所の窓辺にしっかりと立っていました。白い優雅なキャンドルが、すらりと真っ直ぐ高く、大きな黄色い西洋カブの台に埋め込まれ、その周りは赤いひだひだのスカートでふちどり、赤い実をつけた、つやつやの深緑のヒイラギをあしらってありました。

父がキャンドルに点灯し、母は私たちに聖水を振りかけました。キャンドルは、すぐ脇に置かれているボール紙製の小さなイエス様の馬小屋飾りに、丸く光を投げかけました。この飾りは、ある年、近所の雑貨店のショーウィンドーにとつぜん姿を現したものでした。目にした私たちは、はっと立ち止まりました。ウィンドーに鼻を押しつけ、偉大なものに圧倒されるようにじっと見つめました。そして、しばらくして、勇気をふりしぼって店の中へ入り値段をたずねたのです。二シリング？　私たちには大金に思えました。そんなお金、どうやって用意しよう？　それでも、夢の実現を妨げるものなどありませんでした。私たちの夢は、その馬小屋飾りをわが家のクリスマス飾りにすることでした。

うちへ戻り、考えました。みんなの持っているお金を合わせたら、買えるかも？　きょうだいのひとりひとりが、もらったお金を入れる箱を持っていました。遊びに来た親戚からお小遣いをもらったり、隣人の手伝いをすると、ごくまれにお駄賃をもらったりしたのです。みんなが少しずつ出し合えば、十分な金額になるかもしれません。そして、全員が自分の箱の中身を空けてみると、二シリングを捻出できたのです。そうやって手に入れた飾りは、わが家のクリスマスキャンドルの隣に納まり、私たちは得意顔で眺めたものでした。

夕食の後は、新しく買ったレコードをかける時間です。うちでは、これがクリスマスの恒例になっていました。レコードは、地元の店から父が買ってきます。どんなレコードでも、素晴らしいと思ったものです。いつもは客間のサイドボードの上にある蓄音機が、クリスマスの時期には、喜んで台所に迎えられます。新しいレコードを途切れることなく聞き続け、しだいに目新しさがなくなってくると、お気に入りの古いものをかけ始めます。ジョン・マコーマック、シドニー・マキューアン神父、ジョセフ・ロック、デリア・マーフィ、ほかにも大勢が、わが家の台所で歌を披露しました。私たちはメロディをむさぼるように聞き、ついには歌詞を全部覚えてしまったほどでした。それから、レモネードとビスケットの時間になります。ガラスの小瓶に入ったピンクレモネードを空け、めったにないご馳走のケリークリームビスケットをほおばって食べました。レモネードは鼻にツーンときて、涙が出てくるのですが、それもまた楽しいものでした。

その間、母は翌日の夕食に食べるトライフル*を作っていました。客間の戸棚から大きな赤いボウルを取り出してきて、台所の食卓に置きました。母が自分の母親から受け継いだ、赤いカットグラスのボウルで、めったに使わないため、母の宝物だということが、私たちにもわかっていました。このボウルの中にぐるりとスポンジケーキを押しつけて入れ、そしていちごジャムと、父の大好物の缶詰の桃を層にするように入れていきます。そこにシェリー酒を惜しみなく振りかけます。あらかじめ陶製の水差しの中に、赤いゼリーの素を溶かし、少し冷やしておきます。それをボウルの中身の上に、ひたひたになるように流し入れます。明日、できあがったトライフルにカスタードクリームか牛乳缶の上澄みをすくったクリームを

たっぷりかけるのです。想像しただけで、心がほんわかしました。

こんな楽しい夜を終わらせたくなくて、ベッドに入るのがいやでした。けれども、いつまでも眠らずにいると、サンタクロースが素通りしてしまうかもしれないと思い込んでいたので、仕方なくベッドに入るのでした。気の進まないままロザリオの祈りを捧げてから、長靴下を暖炉前の黒い自在かぎや座面が縄編みの椅子の背にぶら下げました。そう簡単に眠りに落ちるわけにはいきません。私たちはサンタをひと目見ようと、眠気と闘っていました。寝室にも暖炉があったので、煙突の中を台所へ下りて行く途中の、サンタの真っ赤な片脚が見えるかもしれないと思ったからです。けれども一日の疲れが勝り、ついにサンタが煙突の中を通り過ぎる頃、私たちはぐっすりと眠っていました。

クリスマスは子どものためのものだと言う人がいます。大人は世の中のことがわかっているのだから、そんな無邪気な話を信じるべきではない、そう言っているかのようです。けれども、私たち大人ひとりひとりの内面には、子どもだった頃の根っこが、潜在的に残っているのです。クリスマスには、その子どもが再び目を覚ますので、不可能と思えたことも可能になると信じることができます。そして、様々な準備を終えてようやくイヴが訪れ、クリスマスへと続くドアが大きく開かれました。準備はすべて終わり、済ませなくてはならない作業はもうありません。

現在の私が、七面鳥の詰め物をするのは、イヴの前日です。パン粉を使って詰め物を作り、すりおろしたリンゴとニンジンをたくさん入れ、タイムとミックスハーブも気前よく加えます。それから、七面鳥の表面にバターを塗り、脂肪たっぷりのベーコンを乗せていきます。それを、冷え冷えする裏のポーチに置いておきます。その後で、クランベリーソースを作って素早くかき混ぜます。私はお手製のクランベリーソースが大好きです。作り方はとても簡単で、ミキサーの中に新鮮なクランベリーをひとパック、オレンジ一個のしぼり汁とグラニュー糖を入れるだけです。それが済んだら野菜をゆで、退屈な作業はこれで終わりです。

水を張った鍋にハムを入れ、アガ社製レンジの上で沸騰させます。火からおろしたら、レンジの下段の保温用棚で二時間ほど保温してから取り出し、クローブを入れた辛い水に一晩浸けておきます。イヴの朝、まず台所へ行ってハムを取り出し、肉を焼くための容器に移して外側の皮をはぎます。マスタードと蜂蜜とパン粉を混ぜたものをたっぷりと塗りつけ、リンゴ酒を振りかけます。そして、あとの作業はアガの優しい手にゆだねるのです。このレンジは台所の貴婦人ともいえる存在です。彼女がゆっくりと調理していると、香りがじわじわと出てきて台所いっぱいに広がります。この香りが大好きです。

「静寂の間」の暖炉に火をつけてから、クリスマスツリーのライトをつけ、家中のイエス様の馬小屋飾りのライトも点灯します。ゆっくりと朝食を楽しんでから、ぎりぎりで届いたクリスマスカードを開きます。特に素敵なカードがあれば、台所の食器棚の上に並ぶカードの、いちばん目立つ場所にぶら下げます。それから、ザルツブルクのクリスマスマーケットで買った、イヴ用のテーブルクロスを取り出します。真っ白なリネンに豪華な赤いキャンドルの刺繍が施されたクロスをテーブルに広げると、クリスマスが息づくようでした。さてこれからは何もせず、誰かがやって来たらおしゃべりを楽しみます。

午後からは、ぶらぶらと丘を上っていき、テイラー家のお墓参りをします。教会墓地のお墓には、ヒイラギのつやつやしたリースやみずみずしい花が供えられていました。心のこもったお供えものを見れば、人々が故人を偲んでいることがよくわかります。代々のお墓の前に立ち、私も故人を思い出し、昔は私の人生の一部だった素晴らしい人々に助言を求めました。クリスマスの間は天国へ続く門が開いている、祖母はそう信じていました。この考えを否定できるはずがありません。そうでなくとも、祖母は、自分が否定されることを許さない女性でしたけれど。墓石に刻まれた愛する人々の名前を眺めていると、あの世とこの世がつながったように思え、ふたつの世界のあいだのすき間が、確かに狭くなっていると感じました。私は、どちらの世界にも親しみを感じながら、丘を下りていきました。

次はクリスマスキャンドルに点灯します。家族の何人かが集まって、玄関にあるメインのキャンドルに点灯し、それを持って家じゅうを回り、窓辺に置いたキャンドルに火を移していく、というのが理想です。ところがもう何年も、実現できずにいます。うちのにぎやかな連中が、日暮れ前に集まってくるのは至難の業だからです。言うまでもなく、出かけるぎりぎりの時間まで、しなくてはならないことが果てしなく続いているからでしょう。だから、

メインのクリスマスキャンドルの点灯は、少しあとに延ばしましょう。

夜のとばりが降りると、私は都合のよいときにひとりで家の中を回り、窓辺のキャンドルに火をともしていきます。窓辺のキャンドルに火をつけるのは大好きです。わが家はイニシャノンの真ん中にあり、コーク県西部へと続く幹線道路に立つ角屋敷です。クリスマスに家路を急ぐ人々に見えるように、キャンドルを輝かせておくのは素敵なことだと思っています。これで、メイン以外のすべてのキャンドルに火がつきました。キャンドルの火には、人に安らぎを与え、気分を落ち着かせる何かがあります。それなのに、毎年この時期に息子がする見立てによれば、いつかすべてが煙と消えてしまうというのです。窓辺のキャンドルはもう何年も灯していますが、とても気をつけているので、今のところ、何事もなく済んでいます。

うちの家族が集まってメインのキャンドルに点灯するとき、『きよしこの夜』を歌うことになっています。これは、わが家で何度もクリスマスを一緒に過ごした、あるイギリス人の婦人が始めたことでした。彼女は、歌がとてもうまかったのです。婦人が亡くなってしまったことで、合唱の質は下がってしまいました。今はもうコーラスのレベルは高くはないけれど、それでも歌っています。そうしながら昔を思い出します。長年、この同じ場所でキャンドルに火を灯してきました。年によって、点灯するときにいろいろな人がいましたが、その多くが、今はもういないのです。キャンドルについた小さな火がしっかりとした炎になる瞬間、亡くなった人たちがすぐ近くに来ているのを感じます。そして、母がやっていたように、

私がみんなに聖水を振りかけると、過去と現在が手を握り合います。神聖な瞬間です。

それから夕食の時間になります。ハムを少しそいで味見をして、うまく焼けているかどうか確かめます。イニシャノンの教会では、早い時間にミサが行われ、子どものミサと呼ばれています。教会は家族連れやあらゆる年齢の子どもたちでいっぱいになります。子どもたちが主役のミサということは、つまり、大変騒々しいということです。私も子どもの頃は、教会を騒々しくするのに大いに貢献してきましたが、今では平和で静かな方が好きなので、遅い時間のミサに参列します。これは午前零時より早く執り行われますが、真夜中のミサと呼んでいます。

このミサが、私のクリスマスで最も大事なところです。本当に、このミサが大好きなのです。教会は、神聖な空気というような、特別な雰囲気に包まれます。大切な行事であるためか、聖歌隊の歌もそれまでにないほど高いレベルに到達していました。それまでの数か月間、クリスマスの聖歌は、クリスマス音楽としてあちこちの商業施設で流されていましたが、それがようやく、本来歌われるべき場所で歌われたのです。教会で歌われてこそ、本当の聖歌といえるのです。聖体拝領のあと、「しーっ」という声がする中、ソリストのシネイドが、天使のような声で『きよしこの夜』の独唱を始めました。彼女の歌声を聞くと、天国の門へ続く橋が今かかったのだ、そう思えてきます。祖母が信じていたように、クリスマスイヴの晩に天国の門は開くのです。

静まり返った村の坂道を下っていくのは心地の良いものです。いつもなら、ひっきりなしに車が村の中を通り抜けていきますが、クリスマスイヴには、村はすべて私たち村人だけのものになります。いや、ほとんどすべて、ですけれど。いつだって、誰かがどこかへ向かって車を走らせているものです。それから、わが家の台所の食卓に友人や隣人が集まって、夜食を食べながらおしゃべりを楽しみます。みんなが帰ってしまったあと、私はキャンドルに照らされた静寂の中にひとり坐り、イヴの静けさを満喫します。クリスマスがやって来ました。

訳注

＊　イギリスやアイルランドでよく食べられるお菓子。シェリー酒などをしみ込ませたスポンジケーキをガラスの深皿に敷き、いちごなどのジャムを塗り、クリームや果物、ナッツなどを層状に重ねたもの。

第十七章　クリスマス当日

クリスマスの朝、私たちは農場の実家で、ワクワクしながら目を覚ましました。まだ薄暗いうちにベッドから跳び起きて、狭くて急な階段をころがるように下ります。台所を照らすのは、聖心《みこころ》[1]のご絵を照らすランプと、今にも消え入りそうな暖炉の燃えさしだけですが、だいたいの見当をつけ、勘を頼りに進んでいきます。大きくふくらんだクリスマスの長靴下の中から、オレンジやリンゴ、クレヨン、ぬり絵が出てきました。ルドやすごろくなどのゲームが入っていることがあると、喜びの声を上げました。ある年新しい学校用カバンをもらい、顔を中に突っ込んで、真新しい革の臭いをしきりに嗅いだこともあります。柔らかな布の人形や木製のおもちゃが台所じゅうを踊り回ることもあれば、メカーノ[2]が箱からぐいっと取り出されることもありました。何をもらっても、跳びあがって喜んだものです。

興奮が収まると、話し合いが始まります。誰が、朝早いミサにあずかるために三マイルの道のりを歩いて出かけ、帰ってきてからガチョウの鍋の具合を確認するか、決めるのです。

朝のミサから戻るまでには、母がガチョウを足つき鍋に入れ、暖炉の火にかけておくからです。私はいつもその役目を買って出ました。霜で覆われた静まり返った世界を歩くのが大好きだったからです。それに、丘のてっぺんまで上って、通りへ続く門の前で立ち止まると、谷間の家々の窓辺でチラチラするキャンドルの火を数えることができました。いつもなら、谷間は真っ黒な衣装をまとっていますが、今日はクリスマスです。この日だけは特別です。魔法がはたらいているのです。

暗い道を進んで行くと、教会が明るく輝いていました。私たちきょうだいは、イエス様の馬小屋飾りを見たくてワクワクしていました。結局のところ、そのためにやって来たのですから。でもその前に、ミサをやりすごさなくてはなりません。ミサは、永遠に続くように思えました。司祭が祭壇を離れるとすぐ、私たちは馬小屋を目指して急ぎましたが、長い行列に並ばなくてはなりませんでした。チラリとでも見えないかと、大人の巨体の間から首を伸ばしてのぞいたものでした。そして、ついに馬小屋の前に来ました。幼子イエス様、マリア様、ヨセフ様、羊飼い、牛、ロバが金色の藁の中に心地よく収まっていて、頭上にはベツレヘムの星が輝いていました。私たちは感激して、大きな茶色いペニー硬貨を箱の中に落としました。イエス様がなさるべきことが何であっても、その助けになればと思いながら。

ミサから戻った私たちは、足つき鍋のふたの上に置いた石炭を、鉄の長い火ばさみを使って取りかえなくてはなりませんでした。それに、母が火にかけておいた、ほかの鍋も見張りました。母は出かける前に、鍋を引っかけた自在かぎを、勢いよく燃える火の上にスライドさせました。そして、鍋が熱くなったら、中にガチョウを入れました。鍋をあつあつにしてから始めることが肝心でした。でなければ、色白で生焼けのガチョウができあがってしまうからです。ガチョウを鍋に入れたら、豚を屠殺したときにとっておいた「ヴェール」[3]をガチョウにかぶせます。ヴェールとは、豚の内臓を包んでいる部分で、細かい網目状に走る脂肪が透明の膜に貼りついていて、網のカーテンのように見えるものです。うちの豚のヴェールが手元にないときは、町で肉屋を営むダニーから譲ってもらいました。ガチョウを火にかけると、このヴェールが柔らかくしっとりとした状態に保ってくれるのです。（コレステロールの存在を知らなかったので、気掛かりなことは何もありませんでした）。母は、熱した蓋を鍋にかぶせ、その上にぐるりと石炭を置きました。母がミサに出かけてしまうと、蓋の上の石炭をときどき熱いものに替え、よく燃え続けるように、火の下に泥炭と薪をくべるのは、私たちの仕事になったのです。

　さて、朝食の時間になりました。食卓には大きなハムが乗っていて、マスタードとパン粉のつやつやしたコートを身にまとっていました。兄が慎重に切り分けてくれて、私たちは喜んで味わいました。後でまた、もっと食べさせてもらえます。朝食の後片づけをする頃には、ガチョウの丸焼きの良い香りが、台所いっぱいに広がっていました。私たちは新しいレコードをかけたり、もらったばかりのおもちゃで遊んだりしていました。そのうち母が帰宅して、

あわててクリスマスディナーの準備を始めます。英国王のスピーチが始まる午後三時には、みんなが食卓についていました。毎年、わが家ではクリスマスディナーに、国王のスピーチを、そしてのちにはその娘である現在の女王のスピーチを、聞くことに決まっていました。後年になると、アイルランドでもディナーに七面鳥を食べるのが流行りました。けれども私にとっては、ガチョウの丸焼きほどおいしいものはありません。金色の油の海に漂い、腹の中にはしっとりした見事なジャガイモのかたまりが詰め込まれています。栄養士が見たらぞっとするかもしれませんね。ああでも本当に、おいしかったのです。

夕食が終わると、台所の床いっぱいにサンタクロースからの寛大なプレゼントを広げます。ルドやすごろくで遊んでいると、ルールをめぐってけんかになりました。すると、母が割って入って仲直りさせます。塗り絵を塗ったり、妖精の物語を読んだりもしました。しばらくすると父が、家畜の様子を見に外へ出ていきます。ここから解放されるぞと喜んで出かけていたのだろうと思います。父が戻る頃には、軽食の時間になっていました。ディナーをたっぷり食べたというのに、またお腹が空いていました。

その後、みんなでトランプをして遊ぶのですが、これが第三次世界大戦を引き起こしそうになることがありました。すると母が、今日はおしまいと宣言し、ロザリオの祈りを上げるため、全員をひざまずかせます。ロザリオの祈りを繰り返しているうちに心が落ち着き、辺りには平和と静けさが訪れて、疲労の波が私たちを飲み込もうとしました。ろうそくの立つ燭台をしっかり握り、真っ暗で急な階段を、足を引きずりながら上っていきます。そんなクリスマスの一日を、よく思い出しています。子どもの頃のクリスマスの記憶は、生涯のあいだ私たちの心の中で眠り続けますが、クリスマスになると魔法と神秘が混ざり合ったものとなって蘇ります。すると、過ぎ去ったクリスマスと現在のクリスマスが手を取って舞いはじめ、実在しそうなこととしそうでないことが一緒に踊り始めるのです。あの世とこの世が手をつなぎ合う瞬間、私たちがクリスマスを祝う気持ちが、ふたつの世界をつなぐ懸け橋となるのです。

新しい一日を始めるとき、ゆっくりと目を覚ましていくのはとても良いことです。私たちの心も体も、新たな朝を慌ただしく突き進むようにはできていません。牧場にたたずむ牛のように、ゆるやかに目覚めていくようにできているのです。牛は賢い動物で、食べたものをゆっくりと反芻しながら、長いあいだ思いをめぐらせています。それからやおら体を伸ばしはじめ、しだいにしっかりと立つ姿勢にしていきます。ゆっくりリラックスして筋肉をストレッチしたら、しっぽを勢いよく振って体の先っぽの筋肉をゆるめます。それからぶるっと頭を振って首の筋肉をほぐし、牧場をぶらぶら歩きながら、自分の体としっかりと折り合いをつけていくのです。これで一日を過ごす準備が整います。

クリスマスの朝、私は牛のように過ごします。完全に目が覚めたら、ラジオのスイッチを入れるかどうか考えます。平日の朝なら、ベッドから起き上がる前にラジオをつけることはありません。目覚めて、まだうつ伏せの無防備な状態で、世界のいろいろな問題に直面したくないからです。けれども週末は違います。理由はわかりませんが、放送の電波は、平日ほどには国内外の問題で私たちを煩わせようとはしないようです。少なくとも、私たちが自分のいる小さな世界に向き合う準備ができないうちは。私は、自分の心と体の調子を確かめてしまうまでは、外の世界と向き合わないようにしています。外の問題を押しつけられる前に、まず自分自身と向き合う必要があるからです。早朝は心と体の状態を探る時間であって、調子がおかしいと感じたら、時間をかけて調子を整えなくてはならないのです。それでも、少しだけ思いを巡らせてから、ゆっくり滑るように体を動かし、床の上に立ち上がります。こんな風に急いで体を起こすのは、オーブンに七面鳥を入れるため、どうしても階下へ下りて行かなくてはならないからなのです。この作業を終えてしまえば、次の段階に移ることができます。

台所ではアガ社製オーブンが両手を広げて温かく歓迎してくれます。彼女は台所の主で、自分のなわばりを温かく、でも断固として取り仕切っています。アガは一度にいくつもの仕事をこなすことができるので、間違いなく女性です。湯を沸かす、煮る、蒸す、あぶる、上に置かれたフライパンや中に入れられた鍋を保温する、これを全部、同時にこなすのです。丈夫で力強い反面、細心の注意を払って育てられた競走馬のような、繊細な一面も持ち合わせています。アガの調子が悪くなると、家中の調子がおかしくなるのです。アガは家中の水を暖めている[4]ので、彼女の調子が良いときは、家中の蛇口から湯気がもやもやと出ています。ところが、年に一度のメインテナンスで完璧に調子を整えることができないと、彼女は抗議のために鼻を鳴らし炎を吹き出して、私たちの世話をやくのをやめてしまうのです。それでも、専門の修理人とは完全に理解し合っていて、ふたりは完璧な調和のとれたダンスを見せてくれます。長い年月をかけて、私はアガとゆるぎない友情を育み、仕事仲間として良い関係を築いてきました。主人は彼女で、私は、気まぐれな彼女の機嫌を取っています。

クリスマスになると、アガは本領を発揮します。今朝も好意的に協力してくれ、上の庫内に七面鳥を温かく迎え入れ、下の庫内にはクリスマスプディングと七面鳥の詰め物を受け入れてくれました。そして「自分の持ち場に戻りなさい。ここからは私の仕事よ」と告げてくるのでした。

アガの仰せに従い、私は朝食をトレイに乗せて二階の寝室へ運びました。ベッドで朝食を取るのは大好きです。のんびりダラダラと過ごすなんて、めったにできないぜいたくです。ダラダラするのは、精神衛生には良いことです。グレープフルーツとお粥を口に運びながら、試しにラジオをつけてみました。嬉しいことに、イエス様誕生物語の朗読と音楽が流れてくるではありませんか。爆弾やら銃撃戦のニュースなど聞こえてきません。願わくは、争い合う人たちが第一次世界大戦時の兵士を見習ってもらいたいものです。攻撃を一時停止し、敵対していた者同士が無人地帯へ歩いて行って、互いにクリスマスの挨拶を交わしたというのですから。この一時的な停戦は、暗闇に差す一筋の光のように思え、互いに許し合って平和が戻るかもしれないというかすかな希望をかきたてたことでしょう。そんなことはありえない、心の内ではそう思いつつ、兵士たちは希望の光にすがろうとしていたのです。

朝食を済ませると、雑記帳を取り出してページの上につれづれなるままに書き連ねて過ごします。朝早い時間というのは、まだ頭が現実的なことに毒されていないため、想像力が最もよく働き、創作意欲が高まる時間帯です。一七五七年から一八二七年を生きたウィリアム・ブレイク[5]は、私たちが想像力を働かせることができるのは、神がお守りくださっているからだと述べました。この考えに反論などできるでしょうか。けれども私たちの心は、いろいろなことでいっぱいになっていて、想像力を働かせて神のご加護を受け入れることができなくなっています。

それから、手あかがついてよれよれの詩の本をちょっとめくります。姉からもらったものです。この姉は、古本屋巡りをして、長い間読み継がれてきた名作を拾い読みするのが大好きなのです。その後、ディーパック・チョプラ[6]の著書『富と成功をもたらす七つの法則』の一章に目を通します。スピリチュアルな教えを説き、執筆家でもあるこの人の話には、共感する点が多いのです。

それ以上なまけている理由がなくなると、ベッドから起き上がり、何の気なしにドレッサーの小さな引き出しを開けてみました。すると中には、ティッシュペーパーで丁寧に包まれ

た、ボール紙製の小さな、イエス様の馬小屋飾りが入っていたのです。大昔に姉たちとお金を出し合って買ったものです。思いがけずこれを見つけた私は、大喜びしました。まるで、古くからの友人に出会ったような気持ちがしました。

しばらくしてやっと階下へ降り、ちょっと整理整頓をしてから暖炉に火を入れ、小さな馬小屋飾りを玄関のテーブルに置きました。それから庭へ出て、庭木の様子をゆっくりと見て回りながら、それぞれにクリスマスのお祝いの言葉をかけていきます。年に一度の刈り込みを終えたヒイラギの木々は、こぎれいで垢抜けて見えました。この時期は、ヒイラギが主役です。脇にいる花々がこれ見よがしに咲き乱れ、スポットライトを横取りすることもありません。

室内に戻ると、暖炉の火が大きくなっていて、私に声を掛けてくるようです。両足を投げ出してくつろいで、自分用のプレゼントに買った本を読んではいかが。一時間後、クリスマスディナーの支度をしようと思いはじめます。だいたい午後三時くらいに食べ始めるからです。ずいぶん早く準備が済んでしまっても、支度が間に合わなくても、三時には時間をとってエリザベス女王のスピーチに耳を傾けます。父はこのスピーチを、毎年欠かさず私たち家族に聞かせていました。現在の私も、クリスマスにはこのスピーチを聞くことにしています。ただし、いつもうまくいくとは限りません。私の作業の進み具合と女王のスピーチのタイミングが合うかどうかは、まったくの運任せなのです。女王は、私と違って、午後三時の開始時間をきちんとお守りになりますけれど。

ここで七面鳥の焼き具合を素早く確認します。足を引っ張って裂けてきたら、そろそろアガから取り出して良い状態です。美しい茶色に焼き上がっていて、女主人のアガは「ほらね、わたくしの言ったとおりでしょ」と得意げな笑みを見せました。フライパンやら鍋やらをアガの上に置いたり中に入れたりして、湯が沸き、鍋のものが煮立ち、焼き上がると、私はディナー用にテーブルをセットし始めます。テーブルクロスを使うのが好きなので、ペグおばさんのリネン用戸棚を開け、いちばん上等なクロスを取り出して、ナプキンと一緒に使います。これは、トロントを訪れたときに姉と一緒に買ったナプキンで、トナカイとその名前が刺繍されています。ペグおばさんから受け継いだディナー用食器類一式を戸棚から取り出し、他にも蓋付きの壺やサイドプレートなど必要なものを並べて、テーブルの上をゴージャスにセットします。

昔、デュリシェーン修道院で高齢のシスターが私たちに言い聞かせたことがあります。「人はね、食べ物を口に入れる前に、まず目で楽しむのですよ」つまり、見た目がすべてだというのです。その通りだと思います。私がいい気分でテーブルを飾っていると、四歳のエリーがやって来て、お手伝いすると言ってフォークを逆さに並べ始めました。そして、いちばんかわいいトナカイのナプキンを自分が使うと宣言しました。その後は、静かな平和は消え去って、落ち着きが乱されてしまいました。そんな中、誰がクリームを泡立て、飲み物のボトルを開け、クリスマスクラッカー[7]を並べるのか、仕事の割り振りをします。ようやく全員が席に着いたら、行儀よく坐っているうちに、英語で食前の祈りを上げます。アイルランド語を話す人[8]がいる場合、この言葉でも祈りを上げます。

毎年、クリスマスディナーは、みんなが予想した通りのメニューになります。というのも、母の料理をほとんどそのまま作ったレプリカだからです。大きな違いは、ガチョウが七面鳥に変わったという点だけです。ほかはすべて同じで、アイルランドの数えきれない家庭でも、きっと同じメニューだと思います。アイルランド人は、クリスマスについては、習慣に支配されているのです。クリスマスの食卓でのちょっとしたサプライズは、毎年違うクリスマスプディングです。だって、ケーキとミンスミートを作った後に残っているものをなんでも入れるのですから。それでも、作っている間にラム酒をたくさん入れますし、食べるときにはテーブルの上でブランデーを振りかけて火をつけるので、難点があったとしても、わからなくなりますけれど。

夕食後にプレゼントを開きはじめると、しだいに大騒ぎに発展します。ところで私はゲーリックコーヒー[9]を淹れるのがうまいと自認しています。根拠はまったくありません。あるときゲーリックコーヒーの淹れ方が印刷されているティータオル[10]を、通りの小さな店のウィンドーで見かけ、その後わが家で初めて、私がこのコーヒーを淹れたというだけのことです。その店はとうの昔になくなってしまいました。ここ数年は、私よりうまく淹れてくれる、義

DONNER
VIXEN

理の息子にこの仕事をしてもらっています。ゲーリックコーヒーを出すとみんなの気が緩み、くつろいでゆったりした雰囲気になります。

私の子どもたちが十代だった頃は、この時間にトランプをして過ごしていました。それで、ハンドレッド・テンをすると、いざこざが起こりおおげんかになったものです。そんな時代は過ぎ去ってしまい、今ではもっと洗練されたスクラブル[11]など他の遊びをしていますが、そのうちにみんな疲れて、終わりになります。ベッドが手招きしているからもう帰ろうと、みんなで言い合い、疲れ果てた状態で夜食をとり、それぞれ退散します。ひとり自宅に残った私は、暖炉の火の前でゲーリックコーヒーをすすりながら、本を読むのでした。

訳注

1 イエス・キリストが描かれた絵。キリストは赤く描かれた自分の心臓を指し示している。

2 子ども用のおもちゃで、金属とプラスチックの部品を組み立てて車や機械、建物などを作るもの。

3 網脂。網目状の脂で、豚や牛などの内臓の周りについている。

4 アガ社製レンジはボイラーの役目も担っており、台所や洗面所の水道の水を暖める。

5 英国の詩人、画家、版画家。イギリス・ロマン派のさきがけ。

6 一九四六年生まれ。インド出身のアメリカ人の医学博士、作家。心と体の医学およびウェルビーイング分野における世界的な権威。八十五冊以上にのぼる著書は世界四十三カ国以上で翻訳出版されている。

7　クリスマスパーティー用のクラッカー。両端をふたりで引っ張ると爆発して、中から紙の帽子やジョークが書かれた紙などが飛び出す紙筒。

8　アイルランド共和国の公用語はアイルランド語と英語であるが、国民のほとんどが英語を使用している。日常的にアイルランド語を使用している国民は、人口のおよそ二%といわれる。

9　コーヒーにミルク、砂糖、ウィスキーを入れたもの。アイリッシュコーヒーとも呼ぶ。

10　イギリスやアイルランドの家庭で使われている大判のキッチンクロス。食器を拭いたり、テーブルクロスにしたり、冷めないようにティーポットを包んだり、様々な用途に用いられる。

11　言葉の語呂合わせゲーム。

GLORIA

第十八章　小《リトル》クリスマスまで

昔、アイルランドの田舎では、クリスマスから小クリスマスまでの間、何もかもが眠っていました。大地は生み出すことをやめ、人間と家畜を休ませてくれました。農場の働き手はクリスマスイヴに故郷へ帰り、二月一日まで戻りません。彼らの仕事は終わり、一年のきつい肉体労働で疲れた体をゆっくり休ませる時期になったのです。冬の耕作は十一月に終わっていて、春の耕作を始めるにはまだ早い時期でした。

クリスマスから小クリスマスまでは、一年のほかの時期とはまったく違います。農場の生活では当たり前の、早起きをすることもありません。農場のペースを左右しているのは、出産を控えてけだるげな雌牛たちでした。実家のある地方では、乳搾りが生活のためのよりどころとなっていましたが、早朝のつらいその作業もありません。雌牛たちは暖かい牛舎の仕切りの中で満足げに横になっていました。しばらくすれば、餌と水まで与えてもらえるのです。朝の乳搾りをしないため、農家の人々は遅くまでゆっくり寝ていることができ、その結果、夜更かしすることになるのでした。人々は深夜までトランプ遊びをしたり音楽を奏でたりしました。

大地が眠っている間は、人間も休んでいました。海外旅行に行く人などいなかったので、みんな家にいて朝寝坊をし、互いの家を訪れていました。聖ステパノの祝日[1]には、若者がミソサザイ狩りをするという、古くからアイルランドに伝わる伝統があります。ぼろぼろの衣装を身にまとい田舎の家々を訪ねて回り、歌や踊りで人々を楽しませるというものです。家の前に来ると玄関の外で歌を歌い、自分たちが到着したことを知らせました。

ミソサザイ、ミソサザイ、鳥の王
聖ステパノの日に、ハリエニシダの中で捕まった
上はやかん、下は鍋に　はさまれて
ミソサザイの弔いに、どうかお金をくださいな

（高橋豊子訳『アイルランド冬物語―晩秋、クリスマスそして冬の暮らし』より）

家の者は、ミソサザイの弔いに使ってもらうために、踊り手に心づけを渡しました。けれども踊り手たちは、歌や踊りを披露しながら食べたり飲んだりするためにそれを使ってしまいます。この祭りは、地元の若者が音楽の才能を発揮してみせる良い機会ともなっていまし

た。

コーク県北部の、ケリーとの県境の地域では、土地がやせているため、移民として海外へ渡ることも人生の選択肢のひとつとなっていました。小さな農場を大家族で営んでいたので、移住しなくてはならないこともあったのです。イギリスへ渡った人々は、たびたびアイルランドに戻ってきていました。けれども、コーク県北部の若者の多くはアメリカへ、中でもとりわけオレゴン州へ渡って行きました。当時の航海は長く、六週間以上かかったといいます。オレゴンに到着すると、大草原で羊や牛を追う仕事をさせられました。大家族や多くの隣人に囲まれた暮らしをしていた若者にとって、この生活は孤独でつらいものでした。大草原の真ん中で、何か月も他の人間に会うことなく、たったひとりでキャンプをする生活をしていたのです。賃金は良くても、孤独な生活の代償は大きかったのでした。それでも、稼いだお金で農場を買い、オレゴン州に定住する者もいました。一方で、アイルランドに戻ってきて農場を購入する者もいました。

移住した人々の中には、クリスマスになるとアイルランドに帰ってくることができる人がいました。そうなると、家族はもちろん、隣人も集まって盛大なお祝いをすることになります。戻って来た男たちは何か月もの間、大草原でひとりきりで過ごし、故郷を想いながら孤独と格闘していたに違いありません。その気持ちを癒すことができるのです。地元の人々はそんな男たちを歓迎し、「オレゴン男のダンスパーティ」を催しました。このイベントは、地

元の人々にとっても、互いに顔を合わせ年の瀬の挨拶をする良い機会となっていました。タイミングも最高でした。農場の仕事もないので、みんなが楽しむことができたのです。田舎の娘たちにも、ドレスアップして夜を踊り明かす良い機会でした。

そんな若い男たちが、ロマンスの香りに包まれることがありました。彼らは、地元では「オレゴン男の帽子」と呼ばれていた、大きなカウボーイハットをかぶっていました。ロマンスが成就することもあり、そうなると男たちは新妻を連れてオレゴンへ帰って行きました。まだ幼い私たちにとって、これほどロマンチックなことはなく、『掠奪された七人の花嫁』[2]のようだと感じたものです。しばらくして私たちがティーンエイジャーになると、クリスマスが終わって小クリスマスの前に行われる、聖ステパノの夜のダンスが、私たちの生活を明るく輝かせてくれました。同世代の若者が、外国から戻ってきましたし、寄宿学校や大学から帰省する者もいたので、日々の生活がとても刺激的になりました。もちろんロマンスが始まることもありましたが、海外へついて行くということはありませんでした。

新年を迎えるため、大晦日には母が台所の窓辺に大きな白いキャンドルを新たに立てました。翌日には、二回目のガチョウの丸焼きディナーをいただきます。そして小クリスマスのイヴには、三本目のキャンドルに火を灯します。特に神秘的な雰囲気の漂う晩でした。カナの婚礼[3]で水が葡萄酒に変わったと信じられている夜だからです。私たちは、湧水をいっぱいに満たした白いほうろうのバケツを注意深く見守りました。中で神秘的なことが起こっているかもしれないと思ったのです。けれども翌朝になっても、バケツの中は、砦の脇にある妖精の井戸から汲んできた水のままでした。

小クリスマスには、もう一度ガチョウの丸焼きディナーを食べてクリスマスを締めくくります。このクリスマスは「女のクリスマス」と呼ばれることもあるため、この日に夫のゲイブリエルが、私と姉にプレゼントをくれたことを思い出します。その翌日には、飾りをすべて取り外します。それ以前に外してはいけません。クリスマスシーズンが完結するこの日まで、待たなくてはならないのです。この週には、学校も始まります。

私は今も、クリスマスから小クリスマスまでの十三日間は、何もしないことを楽しんでいます。忙しく充実していた日々の疲労が残っているため体を回復させる時間が必要ですし、お腹周りはいつものサイズをはるかに上回っています。この時期は、体の調子を整える時間です。クリスマスの食事が終わったばかりで食べ物がたくさん残っているので、料理もしなくて済みます。残り物ってありがたいですね。みんなの胃袋のニーズを満たそうと、長い時間を費やしましたが、もうその必要がないので、莫大なほどの自由な時間が目の前に広がっています。何もしない時間です。朝はその日の労働を始める時間ではなく、のんびりする世界へ入っていくために、ゆっくりと目を覚ましていく時間なのです。私たちは朝の神秘をゆっくり味わい、そのあとは気ままにのんびり過ごして良いのです。

ゆるやかに目覚める

新たな一日に向かって
太陽の光が穏やかに
地平線を縁取り
燃え立つようなまばゆい夜明けが来る

小鳥たちは優しく
陽光を歓迎して
一斉に夜明けのコーラスを
歌い始める

雌牛が目を覚まし
その体を
ゆるりと伸ばしていく
そして友に向かって
鳴き声を響かせる

私もゆっくりと受け入れよう
心静かに穏やかな気持ちで
この新しい一日に
起こるだろう様々なことを

この日が私に
もたらしてくれるものと一緒に
私の魂が
むつまじく踊り出すように

すべてが終わりました。クリスマス飾りを取り払うときが来たのです。実家の農場では、ごく簡単な作業でした。飾りといってもほとんどヒイラギと蔦だけでしたから、引っこ抜いて大きな暖炉の火にくべれば良かったのです。枝は一気に燃え上がり、赤や青の渦巻く炎に包まれました。煙突が詰まる心配もありません。ブラック・ネドおじさんが掃除に来てくれた後ですから、ぜんぜん汚れていませんでした。

ツリーにしていた枝は木立に戻しました。木立の木の枝を切ったものだったので、元の場所に戻して葉が落ちるままにしておきます。あとで、溝をふさぐのに使うか、雌鶏小屋の止まり木にするのです。クリスマスカードのうち、特に素晴らしいものは、翌年のクリスマスツリーに飾るためにとっておきました。次の年にアメリカから届くカードが、今年ほどワクワクするものでないかもしれないからです。蓄音機は客間のサイドボードの上に戻し、母が掲げていたクリスマスの格言も、客間の戸棚の中へ大切にしまい込みます。私たち子どもは、クリスマスが終わってしまうのが残念でなりませんでした。ツリーに飾っていた風船もつぶされ、夢のような行事は終わったのです。

現在のわが家では、飾りを取り払うにはもう少し時間がかかります。長い間に、飾りに愛着を持つようになってしまったからです。初任給で買ったイエス様の馬小屋飾りは、そんなもののひとつです。もっと前に買った、小さなボール紙製の馬小屋飾りもあります。ずいぶん古くて曲がってしまっているため、まっすぐ立たないのですけれど。はじめのうちはこんな風にささやかなものばかりでしたが、長い年月を経て、私のクリスマスは大きくなってしまいました。そんなクリスマスが、荷物をまとめて立ち去るときが来ました。まるで、古くからの友人との別れのように感じます。友人が旅立つときが来たのです。ぐったりうなだれたクリスマス飾りほど疲れて見えるものはありません。一月七日頃になると、あらゆる飾りの輝きが色あせはじめます。長居をして嫌がられるお客とは、長い間放っておいた生魚のように嫌なもの、ミセス・シーはそう言ったものです。クリスマスもそのたぐいのものなので、そろそろ別れを告げなくてはなりません。
クリスマスは高貴な賓客ですから、自ら身をかがめて卑しい作業などするはずがありません。美しい飾りを取り外し箱の中にしまい込むつまらない仕事は、家のあるじにさせるのです。クリスマス飾りを入れる戸棚から空箱を運んできて定位置に並べたら、飾りを取り外す耐久レースが始まります。飾るときはイエス様の馬小屋から始めましたが、取り外すのはツリーから始めます。今やツリーは、手の込んだ衣装を着せられて、重さにあえいでいるように見えます。

真っ先に外すのはツリーの頭飾り、つまり、流れるような真っ赤なドレスときらきら輝く冠をいただいた妖精の女王です。細長い棺のような箱の中に、横たえるように休ませます。けれども、今生の別れというわけではありません。来年にはまた、蘇るのです。重なり合う枝の上の方から、女王の宝石のような色とりどりのボールや金ぴかの飾りを外し、仕切りのついた箱の中へ入れていきます。だんだんと女王のツリーは裸にされていき、あとは、少々うなだれた幹や枝に伝わせてあるイルミネーションライトだけになります。ライトのコードは、買ったときに巻きつけられていたボール紙のホルダーに慎重に巻きつけていきます。来年のクリスマスも明るく照らすことができるよう、長持ちさせなくてはならないからです。

ついにツリーの飾りをすべて外しました。わが家に到着したときよりも緑色が少し薄くなっているようです。何日も家の中に閉じ込められていたことで、参ってしまったのです。そっと触れただけで、針のようにとがった緑色の葉が、まわり一面にパラパラ散らばりました。家じゅうに緑のカーペットをまき散らさないように持ち出すには、どうしたら良いでしょうか。この問題を解決するには、三段階方式が効果的です。まず、大きな剪定ばさみを持ち出して来て、ツリーの大枝を一本一本切り落としていきます。そして大枝から出ている細い枝をすべて切り落としてから、大枝を短く切って暖炉の火にくべます。次に、緑の鋭い葉のついた細い枝を袋に入れて庭へ運びます。庭の片隅に植えてある植物の根を覆うように置いておくと、そこでゆっくりと腐葉土になっていきます。ところで、ツリーの幹から大枝を切り取るときには、その根元から少し離れたところで切り取るようにしておきます。これまで使ったクリスマスツリーの幹が庭の一か所に置いてあるので、今年のツリーの幹もそこに置きます。夏になったら、バラやスイートピーを支える支柱にするのです。ツリーの幹は、格好の支柱になります。というのも、切り取った大枝の根元の部分が幹から少しとび出ているので、上へ伸びようとする植物の足掛かりとなるからです。山頂を目指して上る登山者が、岩棚を足場とするのに少し似ていますね。ツリーを育んでくれた地球環境を持続させるため、すべての部分を再利用します。ヒイラギの枝も同様にリサイクルするのです。

　しだいに部屋の壁も飾りを落とし、その飾りはいくつもの箱の中へ消え、戸棚に戻されます。最後に残ったのは、台所の戸棚の上に立つあのけばけばしいサンタですが、私が手を伸ばし、ちょっと突いて前に倒すと、喜んで私の腕の中に飛び込んできました。箱に入りきらないほどに膨れていたので、無理やり押し込みました。あの高い席から、クリスマスのごちそうを味わっていたのでしょうか。

いちばん最後に片づけるのは、わが家の飾りの中心にしているイエス様の馬小屋飾りです。これを片づける頃には、家の中はもう、驚くほどきれいにがらんとしていました。ところで、わが家の向かい側の隅には村のクリスマスツリーが立てられ、十二月七日にイルミネーションがつけられていました。私が飾りを取り外した日の晩、村のツリーの灯りも消え、通り沿いの木々を照らしていたイルミネーションも消えました。これでクリスマスは、本当に終わりました。

クリスマスは、真冬の寒さを忘れさせてくれます。暗い日々の只中にいる私たちに暖かい輝きをもたらし、そのおかげで私たちは、十二月から一月へと移る橋を進んでいくことができます。私たちには実にありがたいものなのです。この二か月は、一年の中でもいちばん辛い時期です。クリスマスがなければ、長い灰色の日々を乗り越えることはできないかもしれません。だから私たちにはクリスマスが必要なのです。合理的に考え、科学的な見方をすると、クリスマスは道理にかなっていないことがわかります。実用的な考え方をする人なら、クリスマスはファンタジーの中の話であり、ちょうどおとぎ話みたいな作りごとなのだと、私たちを納得させようとするかもしれません。

クリスマスは一年を振り返り、新たな生命が誕生してくるこの世界に目を向ける時期です。

赤ん坊を見ると、たいていの人は喜びの笑顔になるでしょう。赤ん坊は、人の中の善意を引き出してくれるからです。赤ん坊が生まれたという知らせは、おのずと人々に喜びをもたらし、新たな活力を与えます。赤ん坊が生まれると、こじれていた状況が落ち着くことさえあるのです。生れたばかりの命のために、この世の中をより良いものにしようという気持ちがわき起こるからかもしれません。新しい年がやって来ると、新たに何かが始まるという感じがします。ほら、わが家の窓辺に据えたプランターでは、球根の芽のあいだでプリムラが誇らしげに咲いていますよ。

春の気配

きょう春が来て
私と一緒に歩いてくれた
丘を登り
空気に柔らかさを吹き込み
頭の中の扉を開く

春に気づいた小鳥たちが

シンフォニーを歌いだす
歓迎の気持ちを抑えきれず

それは一月半ば
春はちょっとのぞくために
やって来ただけ

谷間のあいだ春の後ろに
いく筋か紫のベールが
たなびいている

訳注

1　クリスマスの翌日の十二月二十六日。
2　一九五四年に公開されたアメリカ映画。オレゴン州の山奥に住む独身男たちが、町へ出て娘たちをさらう話。最後は全員が結婚してハッピーエンド。
3　イエス・キリストが最初に行ったとされる奇跡。水瓶の水を良質の葡萄酒に変えた。

訳者あとがき

二〇一八年八月末のある日、私はイニシャノンにあるアリス・テイラーの自宅を訪れていました。本書の原書"*Home for Christmas*"の著者であり、アイルランドで最も愛されている作家のひとりです。「今日は素晴らしいお天気ね」。アリスが繰り返し口にするほど良く晴れた暖かい日でした。長身で頑丈そうな体つきをして、背筋がすっと伸びています。ユーモアを交えながらよどみなく話し、こちらの問いかけにも素早く反応する様子は、御年八十歳とはとても思えません。過ぎ去った昔をなつかしむ遠いまなざしが印象的でした。

"*Home for Christmas*"は、二〇一七年十月に発行されると、アイルランドの人々の心をしっかり掴み、たちまちベストセラーになりました。子ども時代のクリスマスの思い出が綴られ、同時に、現在のアリスがどのようにクリスマスの支度をし、祝っているかが詳しく描かれています。その間には七十年という歳月が存在しているというのに、クリスマスの準備や祝い方にはあまり違いが無いことがわかります。著者が、母親が行っていたことを忠実に再現しようとしているからです。伝統を絶やさないようにと努力していることがわかります。アリスが守ろうとしている昔ながらのクリスマスを、読者のみなさんにも楽しんでいただけたら幸いです。

幸運にも、ダブリンでは写真家のエマ・バーンにも会うことができました。本書の美しい写真と、既刊書『とどまるとき――丘の上のアイルランド』、『こころに残ること――思い出のアイルランド』（アリス・テイラー、拙訳、未知谷）の素晴らしい写真を手掛けた、才能にあふれる実力派の写真家であり、とても魅力的な女性です。撮影時の苦労など、興味深い話を聞くことができました。

本書を翻訳する際、『アイルランド冬物語――晩秋、クリスマスそして冬の暮らし』（アリス・テイラー、新宿書房、一九九五年）を参考にいたしました。訳者の高橋豊子さんにこの場を借りて御礼申し上げます。

二〇一八年十一月吉日

高橋　歩

Alice Taylor

1938年アイルランド南西部のコーク近郊の生まれ。結婚後、イニシャノン村で夫と共にゲストハウスを経営。その後、郵便局兼雑貨店を経営する。1988年、子ども時代の思い出を書き留めたエッセイを出版し、アイルランド国内で大ベストセラーとなる。その後も、エッセイや小説、詩を次々に発表し、いずれも好評を博した。現在も意欲的に作品を発表し続けている。

たかはし あゆみ

1967年新潟市生まれ。新潟薬科大学准教授。英国バーミンガム大学大学院博士課程修了。専門は英語教育。留学中に旅行したアイルランドに魅了され、毎年現地を訪れるようになる。訳書に『スーパー母さんダブリンを駆ける』（リオ・ホガーティ、未知谷）、『とどまるとき——丘の上のアイルランド』『こころに残ること——思い出のアイルランド』（アリス・テイラー、未知谷）がある。

窓辺《まどべ》のキャンドル

アイルランドのクリスマス節

2018年11月30日初版印刷
2018年12月20日初版発行

著者　アリス・テイラー
訳者　高橋歩
発行者　飯島徹
発行所　未知谷
東京都千代田区神田猿楽町2丁目5-9　〒101-0064
Tel. 03-5281-3751 / Fax. 03-5281-3752
［振替］　00130-4-653627
組版　柏木薫
印刷所　ディグ
製本所　難波製本

Publisher Michitani Co. Ltd., Tokyo
Printed in Japan
ISBN978-4-89642-570-3　C0098